SHE IS IN LOVE WITH THE EXTRA!
시모츠키는 엑스트라를 좋아한다
야가미 카가미
일러스트 Roha

시모츠키 시호
Shiho Shimotsuki
'주인공'이 펼치는 하렘 러브 코미디를 눈앞에 두고,
무의식중에 한숨이 흘러나왔다.
그때, 불현듯 시모츠키와
눈이 마주친 것 같은 느낌이 들었다.
투명한 눈동자가 이쪽을 향하고 있다――.

류자키 료마
Ryoma Ryuzaki
아사쿠라 키라리
Kirari Asakura
호조 유즈키
Yuzuki Hojo
나카야마 아즈사
Azusa Nakayama

목차

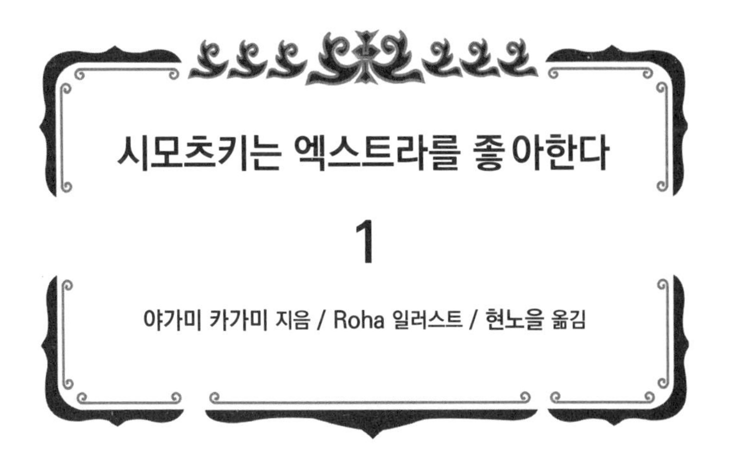

시모츠키는 엑스트라를 좋아한다

1

야가미 카가미 지음 / Roha 일러스트 / 현노을 옮김

소미미디어

컬러, 본문 일러스트 | Roha

프롤로그
주인공이 되지 못한 '엑스트라'의 따분한 학원 러브 코미디

예를 들어 이 세상이 '소설'이라고 한다면.

과연 주인공은 대체 누가 될까?

아쉽게도 그 답은 나——나카야마 코타로가 아니다.

이 소설의 주인공은 틀림없이 같은 반의 '류자키 료마'일 것이다.

그런 생각이 들 정도로 저 녀석의 일상은 '러브 코미디'로 보인다.

"료마 오빠~! 다음에 같이 수영복 사러 가자."

먼저, 류자키 료마의 학원 생활은 여학생들과의 대화로 시작한다.

"에이, 아즈사. 아직 5월이잖아? 수영복을 사기에는 조금 이르지 않아?"

"하지만 빨리 료마 오빠에게 아즈사의 수영복 모습을 봐달라고 하고 싶은데~."

흑발 트윈테일의 소녀, 나카야마 아즈사가 천진난만한 표정으로 류자키를 향해 웃는다.

고등학교 1학년이 되었어도 아담한 그녀는 마치 류자키의 진짜 여동생처럼 보였다.

"료마 오빠는 보고 싶지 않아?"

그런 그녀는 지금 류자키의 무릎 위에 앉아 몸을 바싹 붙이고 비벼대고 있다.

어리광을 부리는 모습에 무심코 눈을 돌리고 싶어졌다.

하지만 무언가 보이지 않는 힘이 붙잡고 있는 것처럼 목이 돌아가지 않았다.

"저, 저도 찬성이에요. 조금 이르기는 하지만…… 준비는 빨리하는 게 바람직하니까요."

이어서 또 한 명, 다른 여학생이 대화에 끼어들었다.

그녀의 이름은 호죠 유즈키. 키는 작은 편이지만 발육이 좋아서 우리 학교 남학생에게 인기가 많은 소녀다.

그녀는 조금이라도 류자키의 마음에 들고 싶은지 그 녀석의 손을 은근슬쩍 붙잡았다.

"사실 저…… 사이즈가 조금 커졌거든요. 작년에 산 수영복이 안 맞아서……."

"또, 또 커진 거야……?!"

그녀가 부끄러움에 얼굴을 붉혔다.

가슴 크기는 그녀의 콤플렉스였을 텐데……. 그걸 무기로 써서라도 류자키의 관심을 끌고 싶은 모양이었다.

"앗! 류 군이 또 유즈를 엉큼한 눈으로 보고 있어~."

세 번째 소녀가 뒤에서 불쑥 나타나 류자키의 등에 매달렸다. 마치 가슴을 짓누르는 것처럼 세게 끌어안았다.

"수영복 사러 가자~. 류 군이 좋아할 법한 수영복, 뭐든 입어줄 테니까. 응?"
"다, 닿았어! 닿는다고……!"
"냐하하♪ 류 군도 참, 새빨개졌잖아. 귀여워☆"
장난기 어린 미소를 짓는 소녀의 이름은 아사쿠라 키라리.
화려한 금발과 노출이 많은 교복 차림이 인상적인 갸루 스타일의 여학생이다.
중학생 때까지는 검은 머리카락에 안경을 쓴 문학소녀였는데, 고작 몇 달 만에 이렇게 격변하다니. 여자란 참 신기하다. 류자키의 특별한 존재가 되고 싶다는 강렬한 바람이 그녀를 빠르게 변화시킨 걸까.
"…………하아."
이 녀석들을 보고 있으면 무의식중에 한숨이 흘러나온다.
교실 뒤쪽 창가. 햇볕이 잘 드는 자리에서 펼쳐지는 이 광경이 마치 완전히 류자키 료마를 주인공으로 한 '러브 코미디'처럼 반짝반짝 빛났다.

그렇다면 나는?

이 녀석들처럼 밝고 화사한 일상을 보내고 있을까.
뭐…… 그런 건 생각해 보지 않아도 알 수 있다.
교실 뒤쪽 복도 자리에 혼자 쓸쓸히 따분하다는 듯 턱을 괴고 그 광경을 관찰하는 나는, 그들과는 동떨어진 존재다.

'고등학생이 될 때까지는 이렇게 될 줄 몰랐는데.'

시선 끝에 있는 세 명의 소녀를 보고 있으면 가슴이 욱신거린다.

왜냐하면 저기 있는 건 나와 인연이 깊은 여자아이들이기 때문이다.

'재혼가정이지만, 아즈사와는 평범한 남매로서 잘 지내고 있었는데.'

고등학교 입학식에서 류자키를 만난 아즈사는 바로 그 녀석을 '료마 오빠'라고 부르며 따라다니게 되더니 반대로 나와는 거의 대화하지 않게 되었다.

'키라리는 친구로서 친하게 지냈었고.'

중학생 때 독서라는 공동 취미를 계기로 친해졌던 소녀는 지금 사랑에 푹 빠져서 책에 관심을 잃어버렸다.

공통 취미가 사라진 결과 키라리와 내 접점은 사라졌다.

'유즈키는 소꿉친구로서 계속 같이 있었고.'

항상 곁에 있던 소꿉친구는 류자키에게 첫눈에 반해, 내 존재를 잊어버린 것처럼 말을 걸어도 반응이 흐릿해졌다.

……딱히 세 사람과 사귀고 싶다거나, 그런 흑심이 있었던 건 아니다.

하지만 이러니저러니 해도 인연이 있었고 관계가 이어졌던 사이이니, 어느 정도 호의적인 감정은 있었다. '연애 감정'까지는 아니어도 생판 타인이라고 선을 그은 적은 없었다.

하지만 그렇게 생각한 건 아무래도 나쁜이었던 모양이다.

……뭐, 딱히 특이한 일은 아니다.

친하게 지내던 소녀들은 내가 아니라 다른 사람을 좋아했다. 인생을 살다 보면 그런 이야기는 한두 개쯤 있기 마련이지.

그러니 우울해할 필요는 없다. 신경 쓸 필요도 없다. 나도 안다.

하지만…… 이따금 어쩌면 저기 있는 건 나였을지도 모른다는 생각이 드는 건, 내 오만인 걸까.

'……무슨, 주제를 알아야지.'

말도 안 되는 가정이다. 애초에 내가 류자키처럼 하렘을 만들어도 곤란할 뿐이고.

내게도 그녀들과 대화할 때, 운명의 분기점이 여러 번 있었을 것이다.

선택에 따라서는 류자키의 포지션에 내가 서 있었을지도 모른다.

하지만 그런 건 단순한 망상이다.

나는 류자키가 아니다. 애초에 '주인공'이 될 수 없다.

나에게 적절한 배역은 따로 있다.

'나는 '엑스트라'야.'

류자키 료마의 러브 코미디 소설에서 아무런 의미도 없는 존재.

그게 바로 나카야마 코타로다.

"그러면…… 다음 주에 수영복 보러 갈까!"

""""네!""""

주인공인 류자키 료마는 오늘도 반짝반짝한 학원 러브 코미디를 펼치고 있었다. 아니, 히로인이 여러 명이니까 '하렘 러브 코미디'라고 해야 할까.

"시호, 너도 같이 안 갈래?"

심지어 류자키의 하렘 멤버는 이 세 명만이 아니다.

류자키 옆에는 항상 그녀가 있다.

그녀의 이름은 시모츠키 시호.

일본에서는 드문 은백색 머리카락과 하늘색 눈동자가 무척 아름다우며 다른 사람은 가볍게 능가하는 존재감을 지닌 소녀.

그 당사자인 시모츠키는 류자키 옆자리에서 줄곧 자고 있었다.

소문에 의하면 어린 시절부터 계속 같이 다닌 여자아이라고 한다. 말하자면 류자키의 '소꿉친구'다.

"…………뭐?"

"아, 미안. 깨웠어? 사실 지금 다 함께 수영복을 사러 가자는 이야기를 했는데, 시호도 같이 갈래?"

류자키가 부르자 시모츠키는 나른하다는 듯 몸을 일으켰다.

얼핏 언짢은 듯 퉁명스러워 보이는 반응.

다만 그건 원래 성격이 그런 것 같았다. 한 번도 웃는 모습을 본 적이 없다. 말수도 적고, 표정도 움직이지 않고, 목소리의 억양도 평탄했다.

하지만 그래도 시모츠키를 싫어하는 사람은 없다.

'저런 걸 특별하다고 표현하는 거겠지.'

동화 속에서 튀어나온 공주님이라고 해도 수긍이 갈 만큼 시모츠키는 빛이 난다.

그래서일까. 류자키도 시모츠키에게는 특별한 감정을 지닌 것 같았다. 이처럼 말을 거는 모습이 자주 보였다.

그녀는 말 그대로 주인공의 편애를 받기에 걸맞은 존재, 메인 히로인이었다.

우리와 사는 세상이 다르다. 보기만 해도 압도당한다. 시선이 가고, 동경한다.

그에 비해 나는…….

자꾸만 자신을 비교하는 바람에 무의식중에 한숨이 흘러나왔다.

"……응?"

그때, 불현듯 시모츠키와 눈이 마주친 것 같은 느낌이

들었다.

'뭐, 뭐지……?'

투명한 눈동자가 이쪽을 향하고 있다.

아니, 나를 보는 게 아니겠지. 우연히 복도에 뭔가 신경 쓰이는 게 있었을 뿐일 거다.

그렇게 결론을 내리고 나는 시선을 돌렸다.

칠판 위에 달린 시계를 바라보며 시간이 흘러가기만을 하염없이 바랐다.

이것이 나의 일상.

이건 그런 이야기다. 몰개성한 엑스트라가 화자가 되어 류자키 료마라는 하렘 주인공이 얼마나 대단한지를 주절주절 설명하는, 그저 흔하고 전형적인 하렘 러브 코미디.

나 또한 그렇게 생각했었다.

시모츠키와 그 대화를 하기 전까지는.

제1화
과묵한 소꿉친구 히로인이 나한테만 수다스러워졌는데요

정신을 차렸을 땐 이미 학교가 끝나있었다.

나는 혼자 하교해 집에 돌아와 침대에 몸을 던지고 눈을 감았다.

여느 때처럼 책을 읽으려 했지만, 도무지 소설에 몰두할 기분이 들지 않았다.

머릿속에서 그 애들의 대화가 맴돌았다.

'류자키와 데이트인가…….'

교실에서 들은 이야기로는, 아무래도 오늘이 전에 말했던 '수영복 쇼핑' 이벤트를 실행하는 날인 모양이었다.

의붓동생인 아즈사도, 친구였던 키라리도, 소꿉친구였던 유즈키도, 모두 류자키와 쇼핑하러 갔다.

여자가 셋. 아, 류자키의 소꿉친구인 시모츠키도 같이 있을 테니 넷이구나.

지금쯤 수영복을 입어보면서 다 같이 웃고 있겠지.

『료마 오빠, 이거 어때?』

『료마 씨……. 이건 조금 요란하지 않을까요?』

『류 군, 어때? 이런 거 좋아하지?』

수영복을 입은 세 사람이 류자키를 유혹하는 모습이 뇌리에 떠올랐다.

다만 시모츠키는 대화조차 해본 적이 없기에, 어떤 느낌일지 상상할 수 없었다.

'……다 부질없는 생각이지. 그러고 보면 어려워 보이는 수학 숙제 있었지?'

부정적인 생각을 떨치기 위해 침대에서 억지로 몸을 일으켜 가방을 뒤적였다.

하지만 가방 어디에서도 프린트는 찾을 수 없었다.

"설마 두고 왔나? 하, 이게 뭔……."

물건 하나 똑바로 챙기지 못하는 자신에게 신물이 났다.

무심코 신음하듯 중얼거리며 하늘을 우러러보았다.

내일 일찍 등교해서 풀까? ……하지만 이대로 집에 있어 봤자, 멍하니 시간만 버릴 것 같았다.

차라리 지금이라도 학교에 가서 찾아오는 게 그나마 유익할 것 같다.

◆

다시 학교에 도착했을 땐 시곗바늘이 이미 6시를 향해가고 있었다.

점차 낮이 길어지겠지만, 5월의 오후 6시는 아직 어둑어둑했다. 이제 곧 하늘이 붉은색으로 물들고, 이윽고 캄캄해지겠지.

"…………."

조용히 복도를 걸었다.

교사에는 적막이 흐르고 있었다. 간혹 창문 너머로 보이는 운동부의 목소리가 들리는 게 전부였다.

몇 분 정도 걸어 계단을 올라가자 드디어 내가 소속된 1학년 2반 교실에 도착했다.

"오래도 걸리네……."

집에서 학교까지 편도로 약 1시간.

그걸 한 번 더 반복할 생각을 하니 절로 한숨이 나올 것 같았다.

"헉――!"

그러나 나오려던 한숨은 놀라움에 가로막혀 목구멍 속으로 사라졌다.

아무도 없는 줄 알았던 교실에 책상에 엎드린 여학생이 있었다.

"시, 시모츠키……?!"

무심코 이름을 불렀다.

교실에 남아있던 건 은백색 머리카락이 인상적인 여학생이었다.

'류자키와 데이트하러 간 게 아니었나……?'

설마 여기 있는 줄은 몰랐는데.

나는 이 자리에서 도망치고 싶어졌다. 같이 있는 것조차 황송한데 단둘이라니, 말도 안 된다. 그만큼 그녀와 나는 사는 세계가 다르다.

할 수 있다면 그대로 몸을 틀어 집에 돌아가고 싶다.

하지만 먼저 불러놓고 도망칠 수는 없었다. 그렇다고 할 말이 나오는 것도 아니었다.

"저기, 그게……!"

결국 당황하여 시모츠키의 반응을 기다릴 뿐.

하지만 아무리 기다려도 돌아오는 대답은 없었다.

"으음……."

대신 새근새근 평온한 숨소리가 들려왔다. 나는 뒤늦게 시모츠키가 자고 있다는 걸 깨달았다.

"후우…….

안도의 한숨이 흘러나왔다. 깨우지 않도록 조심하며, 방심하면 바로 혼잣말이 튀어나오는 입에 지퍼를 채웠다.

그녀는 내가 있다는 걸 모르지만 경계심 없이 풀어진 그녀의 얼굴을 보고 있으니, 평소 시모츠키와 너무 동떨어져 있어서 보면 안 되는 걸 보는 기분이 들었다. 딱히 나쁜 짓을 하는 것도 아닌데 어쩐지 죄책감이 치밀었다.

빨리 교실에서 나가자.

나는 책상에서 조용히 수학 숙제를 꺼냈다. 그리고 등을 돌려 나가려는 순간, 문득 발이 멈췄다.

'이대로 가도 되는 건가?'

시계를 봤다. 아직 저녁 6시가 조금 지난 정도.

딱히 늦은 시각은 아니다. 하지만 여학생 혼자 돌아다니기에 안전한 시간은 아닐지도 모른다.

'나쁜 사람이 시모츠키를 덮치기라도 하면…….'

부정적인 사고로 쓸데없는 걱정을 하는 게 내 나쁜 습관이다.

하지만 시모츠키 시호의 외모는 그런 생각을 품게 할 만큼 눈길을 끈다.

나는 결국 그녀를 내버려 둘 수 없었다.

'역시 깨워야겠어. 근데 내가 대뜸 말을 걸면 겁먹지 않을까? 아니, 어차피 깨워야 하는데 그런 걸 고민해서 뭐해……!'

겁이 많고 도망치려고 변명만 하는 자신이 지긋지긋했다.

매번 이런 식이니까 그 애들과도 관계가 소원해진 거다.

지금이야말로 변해야 할 때다.

결의를 굳힌 나는 용기를 쥐어짰다.

"저, 저기요?"

시모츠키의 자리로 걸어가 조금 거리를 두고 말을 걸었다.

"응…… 으음."

하지만 효과는 없었다. 한층 큰 숨소리만 돌아왔다.

"시모츠키~?"

이번에는 조금 크게 불러보았다.

안 하던 짓을 해서 그런지, 저도 모르게 과감한 행동이 나왔다. 무의식중에 그녀의 어깨를 흔들고 말았다. 평소에는 절대 남의 몸에 손을 대지 않는데도.

'아, 이런……! 무심코…….'

하지만 미처 손을 거두기도 전에 나는 눈을 뜬 시모츠키와 시선을 마주치고 말았다.

"…………어?"

하늘색 눈동자에 멍하니 입을 벌린 몰개성한 엑스트라의 얼굴이 비쳤다.

그녀의 시선이 명백하게 나를 향해있었다.

"저기, 미, 미안……."

자는 얼굴을 봤던 걸, 몸에 손을 댄 걸, 잠꼬대를 들은 걸, 애초에 말을 걸었던 걸 전부 사과하려고 했지만, 목구멍에 걸려서 제대로 말이 나오지 않았다.

시모츠키는 당황한 나를 그저 멍하니 쳐다봤다.

"……나카야마 코타로?"

불쑥 들린 이름에 심장이 튀어 나갈 것 같았다.

내 풀네임을 알고 있는 건 의외였지만, 그런 걸 생각할 겨를도 없이 이 상황을 무마하고자 횡설수설 말이 튀어나왔다.

"으, 응. 나야, 같은 반의 나카야마. 그, 딱히 장난을 쳤다거나 그런 건 아니고, 그냥 깨우려고 했던 것뿐인데, 그게……!"

어지간히도 당황했는지 말이 제대로 나오지 않았다.

이러면 더욱 시모츠키가 오해할지도 모른다는 생각에 괜히 더 마음이 조급해졌다.

"그, 그러니까, 미안해!"

그리고 내가 끝내 취한 행동은――도망이었다.

시모츠키가 일어났으니 더 대화할 필요도 없다. 아직 그리 캄캄하지 않으니까 곧장 집에 돌아간다면 위험한 사람과 마주칠 일도 없을 것이다.

그녀는 애초에 나 같은 놈과 말을 섞을 상대가 아니다. 시모츠키도 대수롭지 않게 여길 것이다.

"기, 기다려!"

그러나 시모츠키는 교실에서 뛰쳐나가려던 나를 불렀다.

순간 발이 움츠러들었지만, 나는 다시 마음을 굳혔다.

그녀에게는 미안하지만, 시모츠키와 나는 세계가 다르다.

하지만 마치 보이지 않는 힘이 등을 잡아당기는 것처럼 발이 무거웠다.

어째서인지 이때의 나는 이상하리만치 겁쟁이가 되어있었다.

"잠깐――앗?!"

그때, 콰당! 하고 등 뒤에서 커다란 소리가 울렸다.

나는 직감적으로 시모츠키가 넘어진 소리라는 걸 깨닫

고 바로 발을 멈췄다.

'이런.'

뒤를 돌아 그녀의 자리를 보자 몸을 웅크린 시모츠키가 보였다.

분명 나를 쫓아가려고 서둘러 일어나다가 다리가 꼬인 거겠지.

즉 나 때문이었다.

이렇게 되니 차마 내버려 둘 수 없었다.

"괘, 괜찮아?!"

바로 달려가서 쪼그려 앉아 시모츠키를 부축하려는 순간, 그녀가 내 손을 꽉 붙잡았다.

"——잡았다."

…………어?

예상치 못한 말에 멍하니 입을 벌렸다.

"어, 어어?"

"이러면 도망갈 수 없지. 넘어진 척이라니, 나도 제법 똑똑하다니까."

"그럼 일부러 넘어진 거야?"

"……이, 일부러야. 조금 아프긴 했지만, 결과적으로 나카야마를 붙잡았으니까 계산한 대로 됐다고 봐도 되지 않

을까?”

“그렇구나……?”

——아니, 뭐가 그렇구나야.

이게 대체 무슨 상황이지?

왜 시모츠키가 나 같은 녀석에게 말을 거는 건데?!

이해할 수 없다. 아니, 애초에 그녀가 이렇게 말을 많이 하는 걸 본 적이 없다.

“잠깐만 기다려. 확인하고 싶은 게 있으니까.”

더불어 희고 작은 손이 내 손가락을 계속 잡고 있는 이유도 전혀 모르겠다.

“흐으음……. 음……. 역시…….”

“뭐, 뭔데……?”

“역시. 나…… ‘긴장’하지 않아!”

“긴장……?”

“응! 말을 더듬지 않아!”

설마…… 시모츠키가 지금, 긴장하지 않고 말했다고 기뻐한 건가……?

사실을 있는 그대로 말한다면, 그런 게 되는 건지도 모른다.

◆

시모츠키 시호라는 소녀는 '과묵'하기로 유명했다.

류자키가 말을 걸어도 '응.' '아니.' '왜?' 등, 단답만 할 정도로 말수가 적은 소녀였다.

또한 시모츠키는 웃지 않았다. 언제나 '무표정'한 얼굴로 지냈다.

주변인의 시선을 끄는 뛰어난 미모에 냉정하고 침착한 성격의 소유자. 쉽게 다가갈 수 없으며, 그 누구도 녹일 수 없는 얼음 같은 소녀가 바로 시모츠키였다.

하지만 지금 내 앞에 있는 시모츠키는 전혀 다른 사람이었다.

"나카야마! 할 얘기가 있는데, 들어줄 거지?"

조금 전에 다리가 꼬여서 넘어졌지만 크게 다치진 않은 것 같아서 안심했다.

아프지도 않은 건지 시모츠키는 아무 일도 없었다는 양 나에게 말을 걸었다.

"사실 나는 남들 앞에선 긴장해서 제대로 말을 못 하거나 웃지 못하거든. 그런데 나카야마 앞에서는 괜찮은 것 같아!"

그 차갑고 과묵한 미소녀는 어디로 갔단 말인가?

시모츠키는 마치 족쇄가 풀린 것처럼 떠들어댔다.

흥분한 건지 뺨이 조금 발그레한데다 희미하게 땀도 맺혔다.

"참 신기하네. 응? 나카야마, 왜 그렇게 재미있는 표정을 하고 있어? 뭐가 그렇게 놀라운데?"

"……시모츠키가 이렇게 수다스러운 줄 몰랐어."

"그, 그야 학교에선 말을 잘 안 하긴 했지만……. 그건 친구가 없으니까 딱히 말할 기회가 없었을 뿐이야. 그리고, 그…… 조금 낯가림도 있고. 하지만 나도 떠드는 거 좋아해."

"그랬구나……. 의외네."

시모츠키는 낯을 가리는 성격에, 마음을 연 상대에게는 말이 많아지는 모양이었다.

근데, 그럼 류자키는?

"그럼 지금까지 류자키와는 왜 말을 안 했던 거야? 나보다 그 녀석과 대화하는 게 더 쉽지 않아?"

시모츠키를 보면 자연스럽게 류자키가 떠오르곤 한다. 두 사람이 소꿉친구 사이이며 잘 어울리니까 무심코 그렇게 의식한 걸지도 모른다.

'사귀는 사이……는 아닌 것 같지만, 그래도 오래 알고 지낸 만큼 친할 테지. 어쩌면 그 녀석은 나랑 같이 있는 이 상황도 반기지 않을지도 모르겠군.'

시모츠키가 말을 걸어주는 건 기쁘지만, 이 일로 두 사람의 관계에 금이 가는 건 미안했다.

나는 이쯤에서 대화를 끊기로 했다.

"류자키 료마……."

하지만 예상하지 못한 반응이 돌아왔다.

"―――――."

시모츠키가 그의 이름을 냉담한 표정으로 되뇌었다.

조금 전까지 생글생글 웃고 있었는데, 어느새 익숙한 무표정이 되어있었다.

내가 알고 있던 그 차가운 소녀였다.

"……나는 걔가 불편해. 툭하면 자꾸 말 걸잖아. 어릴 때부터 계속 옆에 따라다니면서. 진짜 기분 나빠."

"어어, 진짜……?"

류자키가 무척 친근하게 굴길래 시모츠키랑 친한 줄 알았는데……. 내 착각이었던 모양이다.

"그리 걔한테서는 불쾌한 '소리'가 나."

방과 후의 교실에서 백은발의 소녀가 조용히 말을 이어갔다.

이미 해가 완전히 저물어 하늘이 어두워졌다. 어두워지기 전에 시모츠키를 집에 돌려보내려고 깨운 거였는데…… 나는 목적도 잊어버리고 시모츠키의 이야기에 몰두했다.

"나는 선천적으로 귀가 좋거든. 그래서 보통 사람은 듣지 못하는 소리까지 들을 수 있어."

그렇게 말하며 시모츠키가 귀에 손을 댔다. 별것 없는 동작이건만, 이조차 가련하게 보여 시선을 잡아끌었다.
나는 무심코 향하는 시선과 정신을 다잡으며 그녀의 이야기에 집중했다.
"소리……? 그게, 무슨……."
"으음, 어떻게 설명해야 하지? ……사람마다 각기 다른 '소리'를 낸다고 하면 알려나? 착한 사람에게선 맑은 음색이, 무서운 사람에게선 칠판을 긁는 듯한 소리가 들리는 거지."
다소 황당한 이야기건만, 시모츠키는 표정 하나 바꾸지 않은 채 담담히 설명했다.
조금 전과는 완전히 다른 무기질적인 어조가 마치 인공음성처럼 느껴졌다.
"……그런데 류자키한테서는 말로 표현하기도 어려울 만큼 기괴하고 불쾌한 소리가 들려. 근처에 있으면 귀를 막아버리고 싶을 정도로."
몹시 독특한 감성으로 이루어진 설명이었다. 평범한 인간인 나는 완벽하게 이해할 수 없는 내용이었다.
'요컨대 남들이 못 듣는 소리를 들을 수 있는데, 그게 시모츠키에게는 사람의 '외모'나 '반응'을 보는 것과 같다는 건가?'
'공감각' 중에 소리를 들으면 색이 보인다는 '색청(色聽)'이라는 게 있다는데, 그런 느낌인 걸까?

그럼 시모츠키도 인간을 평가할 때 '소리'로 표현할지도?

"거기다, 걔는 다른 여자애들에게 인기가 많잖아? 그런데 다른 여자애들의 기분은 몰라주면서 나한테만 말을 건단 말이지. 그때마다 나한테 '질투' 같은 소리가 들려오는데, 아주 지긋지긋해."

"뭐…… 류자키가 인기가 많긴 하지."

그런 주제에 얼마나 둔감한 건지, 여자애들의 호의를 눈치채지 못한다.

의붓동생인 아즈사, 친구였던 키라리, 소꿉친구였던 유즈키가 그 녀석을 좋아하는데도, 아직 관계에 아무런 발전이 없는 건 류자키가 둔감하기 때문이다.

그 녀석은 여자애들의 마음에 보답하지 않고 무책임한 친절함만 휘두른다.

마치 '하렘물 주인공'처럼.

덕분에 얼마나 많은 여자아이가 사랑에 빠지고 실연했을지……. 시모츠키의 이야기를 들어보는 한 어지간히 많았던 모양이다.

"나는 귀가 좋으니까…… 상대방이 어떤 감정을 느끼는지도 막연하게 들리거든. 여자애들이 나를 방해꾼으로 여기는 것까지 전부."

"고생이 많았겠네……."

"그래, 아주 고생이었어. 3살 때부터 계속……. 집도 가

깝고 학교도 같고, 이상할 만큼 계속 내 옆에 있는걸. 줄곧 불편하게 지내야 했지."

줄곧 불만을 쌓아놓았던 모양인지, 그녀의 푸념은 끝이 없었다.

"어릴 때부터 계속 그렇게 지내다 보니 남들의 시선이 너무 힘들어서…… 어느새 낯가림이 생겼어. 조금이라도 누군가의 시선이 있으면 몸이 굳어버리는 지경이 되었지. 정말, 지긋지긋해."

아무래도 시모츠키는 류자키에게 호의적인 감정이 없는 모양이었다.

"물론 어떻게든 내 심정을 전하려고 해봤어. 말을 걸어도 반응하지 않거나, 걔 앞에선 잘 웃지도 않고 퉁명스러운 태도만 보이거나 하는 식으로. 너무 들이대지 말라고——그런 센 말은 대놓고 말하지 못하지만, 나름대로 태도로 보여주려고 하고 있지."

"……소꿉친구니까 사이가 좋은 줄 알았어."

"'소꿉친구'는 상관없어. 우연히 집이 가까웠고 우연히 유치원과 초등학교와 중학교와 고등학교가 같은 곳이었고, 우연히 자리 배치에서도 근처에 앉고, 우연히 세트 취급을 받곤 하지만 그게 다란 말이야."

그게 다라고 설명하기에는 너무 운명적인 관계로 보인다.

하지만 인기남 류자키에게 시모츠키가 벽을 치고 있다

는 사실은 충격적이었다.
"그런 이유로 나는 조금 낯을 가리지만…… 그래서 더욱, 전혀 긴장하지 않는 너의 존재는 아주 운명적이야."
그리고 이번에는 전혀 다른 의미로 충격을 받았다.
"암살자처럼 기척에 민감한 내가 같은 공간에 타인이 있는데 계속 잘 수 있다니, 보통은 말이 안 돼. 심지어 손을 잡아도 긴장되지 않는다니, 이런 건 처음이야……. 이게 운명이 아니라면 뭐겠어?"
"아니, 운명이라니…… 너무 과한데."
"과하지 않아. 나카야마의 '소리'는 긴장되지 않는걸……. 새가 지저귀는 소리나 시냇물이 졸졸 흐르는 소리, 뭐 그런 거랑 비슷해. 무척 안심돼."
그제야 시모츠키의 표정에 색이 돌아왔다.
내 이야기를 하기 시작하자마자 그녀의 하얀 뺨이 희미하게 붉어졌다.
눈에도 빛이 돌아오더니 반짝거렸다.
"엄마나 아빠의 소리와도 비슷하지만, 역시 가족과는 조금 달라……. 왠지 신기한 감각이야."
처음이었다.
나카야마 코타로라는 인간에게 이렇게 직구로 관심을 보여주는 사람이 있다. 심지어 그게 시모츠키라니 믿어지지 않았다.

"게다가 나카야마는 계속 두근거리고 있지? 내가 움직이거나 말하기만 해도 움찔움찔……. 그런 점이 귀여워."

시모츠키는 귀가 좋다.

그래서 내 심장박동이나 호흡에서 막연히 감정을 읽어내는 건지도 모른다.

"하지만 나를 싫어하지는 않아. 오히려…… 왠지 기뻐하는 듯한 느낌도 들어. 나는 나를 받아들여 주는 사람을 좋아해."

좋아해.

그 한마디가 한층 내 가슴을 두드렸다.

"그러니까 나카야마……. 있지, 나와 친구가 되어줄래?"

"치, 친구?!"

그녀의 제안은 당연히 기뻤다.

"어, 그게……!"

하지만 그 기쁨의 감정을 제대로 표현하지 못하고 허둥대는 사이에 머릿속에 친하게 지내던 그 아이들의 말이 떠올랐다.

『오빠는 무슨 생각하는지 잘 모르겠어.』

『코 군은 왠지 로봇 같아.』

『코타로 씨는…… 감정이 잘 보이지 않네요.』

숨이 멈출 것 같았다.

뭔가 말해야 한다. 그렇지 않으면 그 애들처럼…… 시모츠키도 나에게 실망할지도 모른다.

"…………."

하지만 그 생각이 더욱 초조하게 만들어서 말이 나오지 않았다.

또. 또 나는 이렇게 아무 말도 못 하고——!

"싫다는 말은 무시할 거야. 나카야마가 기뻐하는 소리도 다 들리거든?"

하지만 그녀는 말로 전하지 못한 내 마음도 눈치채주었다.

슥, 작은 손이 내밀어졌다.

악수를 요구하듯 다가온 손은 가타부타 없이 내 오른손을 꽉 붙잡았다.

"앞으로 잘 부탁해, 나카야마!"

……그 한마디에 어쩐지 전신에서 힘이 빠졌다.

그리고 눈앞에 있는 순수한 미소를 보는 사이에 내 감정을 분명하게 말로 꺼낼 수 있었다.

"……응, 잘 부탁해. 시모츠키."

이번에는 나도 단단히 손을 마주 잡았다.

……이렇게 나에게 친구가 생겼다.

솔직히 엑스트라 같은 인간인 나로서는 친구가 되는 것도 과분한 상대다.

하지만 그런 건 상관없이, 시모츠키는 나에게서 가치를 발견해주었다.

"후후……. 드디어 웃었어."

아무래도 내 얼굴이 자연스럽게 풀어진 모양이었다.

이렇게 기분 좋게 웃은 건 몹시 오랜만이었다.

제2화
류자키 료마라는 '주인공'

자고 일어났지만, 여전히 꿈을 꾸는 기분이었다.

"내가…… 시모츠키와 친구라니."

어제는 모든 게 환각이 아닐까 하는 의심이 들 정도로 아주 기쁜 하루였다. 그리고 하루가 지난 지금도 여전히 행복이 남아있었다.

"좋아!"

평소보다 상쾌한 아침.

나답지 않지만, 뺨을 힘차게 '철썩!' 때려 기합을 넣었다.

어쩐지 오늘은 좋은 날이 될 것 같았다.

나는 기분 좋게 준비를 마치고 등교했다.

교실에 도착해 무의식중에 그녀의 모습을 찾았다.

시모츠키는…… 아직 오지 않은 모양이었다.

조금 아쉬워하면서 자리에 앉았다. 복도 쪽 맨 끝자리, 교실에서 가장 햇빛이 안 드는 자리가 내 자리다.

"오, 나카야마. 좋은 아침."

그러자 바로 앞자리에 앉은 남학생이 말을 걸었다.

그의 이름은 하나기시 소마. 사람 좋은 녀석으로, 야구부 소속 빡빡머리이다. 내 몇 없는 친구이기도 하다.

"응, 좋은 아침. 하나기시. 아침부터 공부라니 대단하네."

"아니, 숙제하는 거야. 이해가 안 가서 구경만 하고 있지만."

하나기시의 책상에는 수학 숙제 프린트가 놓여있었다.

빈칸투성이인 프린트에 난잡하게 적힌 이름만 두드러졌다.

"가르쳐줄까?"

어제 시모츠키와 친구가 된 후 밤길은 위험하니 그녀를 바래다준 뒤 집에서 숙제도 마쳤다. 그 정도라면 가르쳐줄 수 있을 테고, 뭣하면 베끼게 해도 괜찮지만, 하나기시는 포기한 듯 고개를 저었다.

"이미 포기했어. 이렇게 된 거 시원하게 백지로 제출할래. 선생님도 그게 혼내는 보람이 있어서 좋지 않겠냐."

"그래?"

의연하게 각오했다면 괜한 참견은 하지 말자.

그렇게 가볍게 아침 인사를 나누고 있었더니 류자키 일행이 교실에 도착했다.

"야야, 더우니까 너무 달라붙지 마!"

"에이~ 조금 정도는 붙게 해줘~."

"하지만 아즈사 씨는 너무 붙잖아요. 치사해요."

"아즈는 애교를 잘 부리네~. 그러니까 이번엔 내 차례!"

"내, 내 의사는 존중하지 않는 거야?"

류자키 하렘 일행이 교실에 들어왔다.

그 순간 소란스러움이 확 증가했다. 변함없이 눈에 띄는 그룹이다.

"오오, 아침부터 요란하네……. 참 부럽다니까."

하나기시는 그걸 보며 목소리 크기를 줄였다.

"류자키는 진짜 인기 많다니까. 얼굴이 그럭저럭 잘생기긴 했지만, 그렇다고 연예인 수준인 건 아닌데, 왜 저렇게 사랑받는 거지?"

그건 나도 궁금하다.

물론 류자키는 제법 괜찮은 편이다. 얼굴도 나쁘지 않고, 운동이나 공부도 그럭저럭 잘한다.

하지만 무언가 특출나게 대단한 건 아니다.

적어도 하렘을 형성할 스펙은 아니다.

무언가 보이지 않는 힘이 여자아이들의 마음을 조작했다——라고 해도 믿을 만큼 이상하게 인기가 많다.

어쩌면 정말로 러브코미디의 '주인공'인 건지도 모른다. 그렇다면 주인공 보정으로 인기가 많다고 수긍이 간다.

뭐…… 소곤소곤 험담해봤자 달라지는 건 없겠지.

따라서 하나기시의 말에는 모호한 미소를 돌려주며 화제를 바꿨다.

마침 그때였다.

"앗."

불현듯 백은발의 소녀가 시야에 비쳤다.

교실 앞문으로 시모츠키가 들어왔다.

"응? 왜?"

내 시야를 따라 하나기시도 시모츠키에게 시선을 던졌다.

"아하, 시모츠키구나. 오늘도 예쁘네."

그녀를 보고 하나기시는 기가 막힌다는 듯 웃었다.

"저 얼굴은 반칙이지……. 고백조차 생각할 수 없을 정도로 너무 예뻐."

그게 시모츠키 시호라는 소녀를 대하는 일반적 인식.

나나 하나기시 같은 평범한 남학생에게는 너무나도 황송한 존재.

'하지만 나와는 친구란 말이지.'

나는 순간 자랑할까 생각했지만, 곧 생각을 고쳤다.

'아니지. 그러면 너무 튀어. 신이 나서 떠벌리고 다니는 건 나답지 않아.'

나는 마음을 다스렸다.

어제 그녀는 낯을 가린다고 밝혔다. 타인의 시선을 받으면 평소처럼 행동하지 못한다고도 했다.

이런 엑스트라 같은 인간이 시모츠키와 대화했다간 그것만으로도 주목받을 테니까 조심해야지.

욕심을 내자면 자유롭게 이야기하고 싶지만, 폐를 끼치게 되는 거라면 사정이 달라진다.

'교실에서는 시모츠키와 대화하지 않는 게 좋겠어.'

그렇게 생각을 고치고 바로 시모츠키에게서 시선을 뗐다.
"……후우."
무의식중에 한숨이 나왔다.
아침에 눈을 떴을 때는 기분이 좋았지만…… 냉정하게 생각해 보면 나와 시모츠키는 애초에 사는 세상이 다르다.
그걸 새삼 이해하고 기분이 조금 가라앉았다.
오늘도 엑스트라 같은 일상을 보내게 될 것 같다.
……그렇게 평소처럼 혼자 멋대로 우울해했다.
하지만 그녀는 나의 그런 자학을 허용할 수 없었던 모양이다.

◆

"저, 기……!"
점심시간. 매점에서 산 빵을 내 자리에서 먹으려고 했더니 복도 쪽에서 목소리가 들렸다.
"응? 아, 시모츠키……."
거기에는 시모츠키가 무언가 하고 싶은 말이 있는 건지 입을 빼끔거리고 있었다.
"따, 따…… 따, 따라와."
따라와. 그렇게 말한 뒤 그녀는 바로 교실에서 떨어져 어딘가로 향했다.

우선 시키는 대로 뒤를 따라가자 시모츠키가 계단 앞에서 나를 기다리고 있었다. 그 손에는 마침 도시락 상자가 들어갈 법한 주머니 가방을 들고 있었다.

'설마…… 같이 점심을 먹자는 건가?'

이 상황이라면 그렇게 흘러가도 이상하지 않다.

나 같은 녀석과 같이 먹는 모습은 남들에게 보여주지 않는 게 좋다는 생각이 들었지만, 말을 걸기에는 거리가 조금 멀었다.

가까이 다가가자 간격을 유지하려는 듯 시모츠키가 한 층 더 앞으로 향했다. 덕분에 말을 걸 타이밍도 없어서 유도당하듯이 밖으로 나왔다.

그렇게 도착한 곳은 인기척이 전혀 없는 교사 뒤편이었다. 바닥에는 자갈이 깔려있어서 빈말로도 편안하다고는 할 수 없는 장소였다.

학생이 많은, 햇볕이 잘 드는 교정과 다르게 여기는 그늘이 져서 그런지 아주 조용했다.

여기라면 단둘이 있어도 눈에 띄지 않으니 같이 밥을 먹어도 괜찮을지도 모른다——고 생각을 하다가 문득 시모츠키의 상태가 이상하다는 걸 깨달았다.

"…………."

조금 전부터 입을 꾹 다물고 나를 흘겨보고 있었다.

"저기, 무슨 일 있어?"

“…………어, 무슨 일이 있기는 한 것 같은데.”

말을 걸어도 반응이 차갑다. 어제처럼 천진난만한 모습은 보여주지 않고, 평소처럼 무표정하고 냉담한 여자아이였다.

다만 사람이 없는 덕분인지 낯가림은 발동하지 않았다. 아까 말을 걸었을 때와는 달리 문장이 술술 나온다.

“나카야마. 나 좀 화났어.”

감정이 일절 없는, 빙점 하의 싸늘한 목소리가 아무도 없는 교사 뒤에 울려 퍼졌다.

“왜 화난 건지 알아?”

담담하게 캐묻는 말투가 조금…… 아니, 상당히 무섭다.

숨이 멎을 듯 아름다운 얼굴이라 경외심도 느껴졌다.

“나카야마. 우리 ‘친구’ 맞지?”

그건 사실이므로 작게 고개를 끄덕였다.

그러자 그녀는 예상하지 못했던 말을 했다.

“그럼 왜 말을 안 거는 거야?”

응……?

혹시 화난 이유가…… 그거야?

“너무해. 친구니까 말을 걸어줄 수도 있잖아. 나는 계속 기다렸다고. 나카야마가 강아지처럼 꼬리를 흔들면서 ‘시모츠키, 좋은 아침!' 하고 말을 걸어주길 기대했는데, 마치 남인 것처럼 무시하다니, 말도 안 돼! 나카야마는 친구라는 자각이 부족한 거 아니야?"

마치 나쁜 짓을 한 어린아이를 타이르는 것 같았다.

시모츠키는 냉정한 말투로 질책했다.

"참고로 왜 나카야마는 남처럼 굴었던 거야? 착하지? 가르쳐줄래?"

다행이다. 시모츠키는 변명할 타이밍을 주는 타입인 모양이다.

물론 아무 이유도 없이 말을 걸지 않았던 건 아니다.

"시모츠키는…… 낯을 가리니까, 남들 앞에서 말을 걸지 않는 게 좋을 거라고 생각했어."

내가 말을 걸어서 주목이 쏠리는 건 피하고 싶었다.

그걸 전하자 시모츠키는 고민하듯 입술을 삐죽였다.

계속 무표정이었는데 드디어 감정을 겉으로 드러내 준 것이다.

"그, 그런 거였구나……. 그렇게 나를 생각해준 거라면 너무 화내지도 못하겠어."

아무래도 분노가 조금 완화된 모양이었다.

내 부족한 설명으로도 이 애는 제대로 의도를 파악해준다.

"하지만 주목받는 두려움보다…… 나카야마와 대화하지 못해서 외로운 게 더 힘들어. 그러니까 가능하면 말 걸어줘."

그렇게 말하며 점점 표정이 융해된다.

아까는 분노에 지배당했던 모양이지만, 내 의도를 이해하자마자 그녀는 기쁘다는 듯 입꼬리가 풀어졌다.

"하지만 다행이다……. 모처럼 친구가 됐는데 혹시 미움받았나 해서 불안했거든. 그래서 이상한 방식으로 화냈어."

"……확실히 시모츠키가 화가 나면 이런 느낌이 되는 줄 몰랐어."

무표정하고, 담담하고, 얼음처럼 차가웠다.

평소 시모츠키처럼 다가가기 어려운 느낌.

하지만.

"미, 미안해. 나 조금 귀찮은 건지도 몰라. 왠지 나카야마 앞에선 나를 제대로 제어하지 못해서……. 이런 나라도 친구로 지내줄래? 싫어하지 말아 줄래……?"

시모츠키는 내 앞에서만 솔직해진다.

제 나이대로…… 아니. 조금 어릴 정도로 무구하고, 솔직하고, 밝은 소녀가 된다.

그런 시모츠키를 싫어할 리가 없다.

"아니, 괜찮아. 나도 이래저래 부족한 점이 있을지도 모르지만, 친구로 지내주면 기뻐. 시모츠키."

다시금 내 마음을 전했다.

그러자 시모츠키는 쑥스러운 듯 뺨을 눌렀다.

"——역시 나카야마는 상냥하고 훌륭해……. 내 투정을 받아들여 주다니 참 착한 아이구나?"

약간 어린 아이처럼 대하는 건 조금 마음에 걸리지만.

마치 누나인 양 행동하는 면도 본래의 시모츠키다워서 웃음이 나왔다.

"하지만, 그래. 친구니까 성으로 부르는 것도 조금 매정한 것 같고……. 이름으로 부르면 더 친해질지도 몰라."

이미 분노는 완전히 사라진 모양이다.

시모츠키는 관심을 보이라는 듯 내 옷을 잡아당겼다.

"나카야마. 나를 성 말고 이름으로 불러봐. 친한 친구 같아서 좋지 않을까?"

"이름으로…… 응, 알았어."

부탁을 하니 바라는 대로 그녀의 이름을 불러보았다.

"시호."

"————안 돼."

하지만 어째서인지 거부당했다.

자기가 부탁해놓고.

"아, 아직 이른가 봐……. 얼굴이 뜨거워."

새하얀 피부가 새빨갛게 물들었다.

"이름으로 부르는 건 조금 더 나중에 하자. 내가 조금만 더, 진정한 뒤에——응?"

고작 이름으로 불렀다고 쑥스러워진 모양이었다.

순수하구나.
으음…… 안 되겠다.
어쩐지 나까지 얼굴이 빨개질 것 같아.

◆

"그럼 슬슬 점심 먹자. 나 배고파."
개운해지고 나자 배가 고프다는 걸 떠올린 건지 시모츠키는 가져온 주머니 가방에서 귀여운 도시락 상자를 꺼냈다.
"어? 나카야마의 점심은 빵뿐이야? 심지어 멜론빵이라니, 점심이 아니라 디저트잖아."
"응, 항상 이것만 먹어."
"그건 안 좋아. 영양소를 균형 있게 갖추는 게 중요하다고 TV에서 그랬어. 나카야마의 몸이 상하면 친구인 내가 슬프니까 건강 잘 챙겨."
적당한 계단에 앉자 바로 옆에 시모츠키가 앉았다. 허벅지와 허벅지가 붙을 정도로 몸을 밀착하는 시모츠키. 나는 당황할 수밖에 없었다.
"이거 봐, 나카야마! 우리 엄마가 만들어준 도시락, 맛있어 보이지?"
하지만 시모츠키는 즐거워 보였다. 의식하는 건 나뿐이고, 그녀는 아주 자연스럽다.

그래서 나도 최대한 아무렇지 않은 척 대화를 이어갔다.

"으, 응, 대단하네. 고기가 많이 들어가서 맛있어 보여."

시모츠키가 가져온 도시락 상자를 보자 햄버그스테이크, 베이컨, 문어 비엔나 등이 예쁘게 담겨 있었다. 노릇노릇 예쁘게 구워졌으며 한눈에 봐도 시판 가공식품이 아니라는 걸 알아볼 수 있을 만큼 완성도가 뛰어나다.

더불어 영양 밸런스도 고려한 건지 완두콩, 파프리카 같은 녹황색 채소도 들어가 있었다.

정성과 시간, 그리고 애정도 느껴지는 도시락이다.

"내가 고기를 좋아하니까 엄마는 항상 많이 넣어주거든……. 아, 나카야마도 먹어볼래?"

"아, 아니, 괜찮아."

"응? 친구에게 사양하다니 너무한데……. 우리 엄마가 만든 요리는 먹지 못하겠다? 그런 건 절대로 인정 못 해!"

그렇게 말하며 시모츠키는 햄버그스테이크 하나를 통째로 들어서 내 입으로 들이밀었다.

"자, 먹어. 앙~."

……난감하네. 어쩐다?

아무리 친구라도 해도 거리감이 좀, 많이 가까운 것 같다.

시모츠키에게 '친구'는 이게 평범한 건가.

그렇다면 거절했다간 혹시 시모츠키가 상처받을지도 모른다.

그렇게 생각하니 부끄럽다는 이유로는 거절할 수 없다.
"나카야마, 빨리."
이 이상 기다리게 하지도 못할 것 같다.
'나도 평범하게.'
두근거리는 걸 느끼면서도 표정에는 드러내지 않도록 조심하며 시모츠키가 내민 햄버그스테이크를 깨물었다.
"어때? 맛있어?"
"무, 물론이지."
맛은 좋았다——아마도.
솔직히 너무 두근거려서 잘 모르겠다.
애초에 여자애가 이런 식으로 먹여준 건 처음이었다. 아즈사, 키라리, 유즈키와는 가까운 관계였지만 이렇게 애인 같은 행동을 한 적은 없다.
"엄청, 그 뭐냐. 응, 좋은 느낌이야."
최대한 자연스러워 보이도록 연기하며 감상을 늘어놓았다.
일방적으로 두근거리는 걸 알면 징그러워할지도 모른다는 불안에 필사적이었다.
하지만 그녀에게는 통하지 않았다.
"……아하핫. 나카야마도 참, 그렇게 두근거리다니. 내가 앙~ 해준 게 그렇게 좋았어?"
시모츠키가 장난기 있게 웃었다.

"두, 두근거린 적 없거든?"

어떻게든 얼버무리려고 했지만 시모츠키를 상대로는 무모한 선택이었다.

"잊어버린 거야? 나는 귀가 좋으니까 나카야마의 심장이 아까부터 쿵쿵 뛰는 것도 눈치챘어."

……잊고 있었다.

그러고 보면 그녀는 귀가 아주 좋았다.

"나카야마도 참……. 그렇게 의식하면 나도 왠지 이상해질 것 같잖아."

시모츠키는 내 어깨를 찰싹찰싹 두드리며 쑥스러운 듯 웃었다.

"아~! 역시 민망해."

놀려댄 건 충동이었던 건지도 모른다.

시모츠키도 이성에 그리 익숙하지 않은 건지 얼굴이 새빨갛다.

"하지만 이런 거 동경했었으니까, 체험해서 정말 기뻐."

아주 즐거워 보이는 얼굴까지 더해지니 놀림당했는데도 신기하게 불쾌하진 않았다.

"……가능하면 조금 더 살살 해줬으면 좋겠는데."

"그건 무리야. 나는 친구가 생기면 하고 싶었던 일이 많이 있다고. 나카야마가 많이 도와줘야 해."

시모츠키는 새빨간 얼굴을 숨기듯이 도시락을 힘차게

먹기 시작했다.

작은 입으로 볼을 빵빵하게 부풀리며 밥을 먹는 모습은 다람쥐 같았다.

그런 모습을 보자 무심코 얼굴이 풀어졌다.

'아, 또 웃었다.'

시모츠키와 같이 있으면 정말로 기분이 밝아진다.

이런 엑스트라 같은 나에게도 행복을 느끼게 해준다.

고등학생이 된 뒤로 내내 하루하루가 지루했다.

하지만 시모츠키 덕분에 앞으로는 크게 달라질 것 같다.

'교실에서도 최대한 말을 걸어봐야지……!'

양호한 관계를 이어갈 수 있도록, 그녀도 즐거워하도록 노력하자.

교실에 있을 때 같은 부정적인 감정은 어느새 사라지고, 지금은 무척 적극적인 기분이었다. 이것도 전부 시모츠키 덕분이다.

엑스트라인 나와 친구가 되어준 시모츠키를 소중히 대하고 싶다.

◆

점심시간이 절반 정도 지났을 때 시모츠키가 도시락을 다 먹었다.

"잘 먹었습니다."

도시락 상자를 주머니 가방에 넣으면서도 시모츠키는 아직 일어나려고 하지 않았다. 식사는 끝났지만, 잡담은 계속할 생각인 모양이다.

나 같은 녀석과 대화해도 심심할 테지만, 시모츠키가 원한다면 열심히 해야지.

"오늘은 나카야마 덕분에 아주 좋은 점심시간을 보냈어."

"에이, 그렇지 않아."

"에이, 그렇지 않기는 무슨. 나카야마가 없었다면 나는 오늘도 혼자서 도시락을 먹었을걸. 하지만 오늘은 네가 있어서 외롭지 않았어. 고마워, 나카야마."

"——!"

똑바로 전달하는 말이 가슴을 따뜻하게 데운다.

어쩌면 나는 마음속 깊이 감사와 긍정의 말을 바랐던 건지도 모른다.

"나카야마는 기뻐할 때 멋진 소리가 나. 참 알기 쉬운 사람이라니까……. 그런 점도 좋네."

민망해하는 나를 보며 시모츠키도 웃었다.

말로 하지 않아도 내 마음을 헤아려주는 건 정말로 고맙다.

그래도 제대로 말을 해서 형태를 남기는 게 시모츠키도 기쁠 테니까…… 나도 고맙다고 말하려 했다.

하지만 그런 최악의 타이밍에 마침내 그 녀석이 등장하고 말았다.

"——불쾌한 소리가 들려."

마치 나와 시모츠키의 대화를 감시하고 있던 것처럼.

내가 내 마음을 말로 전했다면 관계가 더 진전되었을지도 모른다.

하지만 그게 저지당했다.

"음식을 물어뜯는 것 같은…… 듣기만 해도 주변 사람을 상처 주는 소리."

순간 시모츠키의 표정에서 색이 사라졌다.

아니, 색만이 아니다. 온도까지 사라져서, 평소의 차갑고 투명한 시모츠키로 돌아가 버렸다.

동시에 내 귀에도 소리가 들렸다.

처음에는 지면의 자갈을 밟는 소리가, 이어서 남자와 여자가 대화하는 목소리가 다가왔다.

"나 원, 이런 곳으로 불러내다니……. 갑자기 무슨 일이야? 아즈사."

"미안해. 료마 오빠……. 하고 싶은 말이 좀 있어서."

그건 부자연스러울 정도로 타이밍이 좋은 등장이었다.

교사 뒤편으로 온 건——내가 잘 아는 두 사람.

'류자키하고 아즈사? 왜 이런 곳에……?'

한 명은 흑발 트윈테일이 인상적인 여학생. 그녀는 의붓동생인 나카야마 아즈사다.

그리고 다른 한 명, 검은 머리카락과 검은 눈동자에 표준적인 체형을 지닌 남학생은 류자키 료마였다.

"평소에는 아무도 안 오는데……."

청각이 좋은 시모츠키는 두 사람이 온 걸 나보다 일찍 알아차린 모양이었다. 류자키와 아즈사를 보고 입술을 꾹 다물고 있다. 그 얼굴은 긴장으로 딱딱했다.

"숨어야 해……. 저 사람에게서 도망쳐야 해……!"

그렇게 말하며 시모츠키는 벌떡 일어났다.

하지만 움직일 때 발밑의 자갈이 큰 소리를 내고 말았다.

"응? 뭔가 소리가…… 어? 뭐야. 시호? 왜 이런 곳에?"

류자키는 시모츠키가 있는 걸 확인하더니 동시에 내 쪽을 보았다.

그리고는 표정이 확 바뀌었다.

"너 누구야……? 시호에게 무슨 짓을 했어? 이렇게 아무도 없는 장소에 데리고 와선 무슨 생각이냐고?!"

류자키는 평소 여자아이들에게 휘둘려서 한숨을 쉬기는 해도 결코 감정적으로 행동하지는 않는다.

하지만 지금 류자키는 명백하게 격양된 상태였다.

"내 소중한 소꿉친구에게 무슨 짓을 했어?"

마치 내가 나쁜 짓을 했던 것처럼.

시모츠키는 피해자고 내가 가해자인 것처럼.

'뭐야, 이 녀석? 그냥 둘이서 밥을 먹은 것뿐인데, 무슨 생각으로 시모츠키에게 '무슨 일'이 있었다고 믿는 거지?'

이상하다. 인식이 너무나도 일방적이다.

류자키는 이쪽의 사정은 전부 무시하고 본인의 믿음만으로 현실을 보고 있다.

그게 아주 기이했다.

"어? 어, ……으으."

갑작스러운 사태에 아즈사가 당황스러워했다.

평소보다 더 화려한 머리끈으로 묶은 트윈테일도 어쩐지 조금 아래로 내려간 것처럼 보인다.

'아즈사가 사람이 없는 교사 뒤로 류자키를 데려왔다는 건…… 혹시 고백하려고 했나?'

아즈사의 얼굴을 보자 왠지 그런 느낌이 들었다.

의붓동생은 하렘의 일원에서 안주하지 않고 좋아하는 사람과 맺어지기 위해 노력하고 있다.

그걸 직접 보자…… 마음이 아팠다.

아즈사는 이렇게 노력하고 있는데 류자키에게는 이미 시모츠키밖에 보이지 않는 모양이었다.

"시호, 괜찮아? 너는 몸이 약하니까 무리해서 밖에 나오지 않는 게 좋은데……. 이 남자를 거절하지 못한 거야? 시호는 착하니까 어쩔 수 없지만, 조금 더 자신의 몸을 소중히 해야지. 소꿉친구로서 걱정되잖아?"

나를 가해자로 보는 류자키의 말에는 수긍할 수 없었지만, 여기서 말다툼을 했다간 아즈사가 너무 불쌍하다.

『오빠는 이상적인 오빠가 아닌 걸까. 아즈사가 찾던 진짜 오빠는…… 료마 오빠인 건지도 몰라.』

고등학교 입학식. 집에 돌아가서 아즈사에게 그런 말을 들은 뒤로 대화도 거의 없어졌다.

중학생 때까지는 객관적으로 봐도 사이좋은 남매라고 생각했다. 하지만 그건 내 일방적인 착각이고, 아즈사에게는 다소 불만이 있었던 모양이다.

그 결과 나와 아즈사는 완전히 소원해지고 말았다.

나는 그녀의 '이상적인 오빠'가 되지 못했다.

하지만 아즈사는 나에겐 역시 소중한 가족이다. 하다못해 그녀의 사랑을 방해하고 싶지 않다.

그래서 나는 시모츠키와 같이 교실에 돌아가려고 했다.

둘만 있는 게 아니라면 어떻게든 수습할 수 있을 거라고 기대했기 때문이다.

"나는 딱히 아무런 짓도 안 했어. 신경 쓰지 마……. 그럼 교실로 돌아갈게."

그렇게 말하고 걸어갔다.

"시모츠키, 가자."

물론 그녀도 같이 돌아가려고……. 그제야 나는 시모츠키의 상태가 이상하다는 걸 깨달았다.

"……으으."

신음 같은 미약한 목소리가 들린다.

몇 미터 앞에 있는 류자키에게도 들리지 않을 만큼 작은 목소리.

그 소리와 동시에 시모츠키가 휘청거렸다.

"시호?!"

류자키가 당황하며 다가오려 했다.

하지만 그 전에 내가 그녀의 몸을 부축했다.

"시모츠키, 괜찮아?"

"……안 돼. 저 사람만은, 절대로 안 돼."

고열이 오른 것처럼…… 마치 헛소리를 중얼거리듯 시모츠키는 작은 목소리로 속삭였다. 그걸 듣고 그녀가 어떤 감정을 느끼고 있는지 이해했다.

'시모츠키는…… 정말로 류자키가 불편한 거야――!'

심지어 그건 평범하게 '불편한' 수준이 아니다.

가까이 있거나 의식하기만 해도 상태가 이상해질 정도의 감정이다.

안색은 창백해졌고 입술에서는 색이 사라졌다. 눈동자도 공포 때문인지 흔들렸고 몸도 가늘게 떨렸다.

멀리서 보면 알 수 없을 법한 작은 변화는 붙어있는 나만이 알 수 있었다.

이건 비정상적이다. 시모츠키는 류자키와 엮이면 안 되는 건지도 모른다.

소꿉친구라고는 하지만 두 사람의 궁합은 너무 나빠 보였다.

아니, 아니다. 소꿉친구'라서' 시모츠키는 류자키 때문에 과거에 힘든 일을 겪은 건지도 모른다. 그게 트라우마가 되어 이변을 일으킨 걸까.

"보건실에 데려갈 테니까 비켜."

가까이 와서 시모츠키를 건드리려고 하는 류자키를 견제했다.

하지만 반대로 류자키는 내가 방해라는 듯 노려보았다.

"시호의 몸 상태를 나쁘게 만들어놓고 영웅 행세야? 너야말로 비켜. 약해져 있는 걸 노리고 시호를 건드리지 마."

멱살이라도 잡으려는 듯 류자키가 적의를 드러내며 압박했다.

"윽……."

그리고 류자키가 가까이 올수록 시모츠키는 괴로운 듯 헐떡였다. 귀를 누르고 필사적으로 류자키의 존재를 차단하려는 것처럼 보였다.

한시라도 빨리 류자키에게서 떼어놓아야만 한다.

"그리고 너한테는 물어보고 싶은 게 있어. 도망치지 마."

"그럴 때가 아니잖아!"

이런 상황에도 류자키는 자신의 감정을 우선한다.

시모츠키가 걱정된다면 아무리 나에게 화가 났어도 우선 그녀를 위해 움직여야 하는데…… 류자키는 나에게 분노를 부딪치는 게 더 중요한 모양이었다.

“나카야마…… 괜찮아. 나, 혼자 돌아갈게.”

내게 걱정 끼치고 싶지 않은 건지 시모츠키는 비틀거리면서도 자신의 다리로 걷기 시작했다.

물론 부축하고 싶었지만, 류자키가 나를 노려봐서 움직일 수 없었다.

하지만 시모츠키를 혼자 보내는 건 저 녀석도 불안한 모양이었다.

“아즈사, 시호를 보건실에 데려다줄래?”

그리고 류자키는 아즈사의 마음을 짓밟는 선택을 했다.

‘모처럼 고백을 각오하고 류자키를 불러냈는데……!’

그 용기를 내기 위해 아즈사가 얼마나 고민했을지……. 그걸 생각하면 역시 가만히 있을 수 없었다.

“잠깐만. 류자키, 그녀와 뭔가 대화할 게 있지 않았어? 시모츠키는 내가 보건실에 데려갈 테니까 이야기만이라도 들어줘.”

“그러니까 도망치려고 하지 말라고. 너한테는 물어볼 게 있다고 했잖아……. 아즈사, 부탁할 수 있을까?”

“——응, 알았어.”

한편 아즈사는 순순히 류자키가 시키는 대로 했다.

말을 잘 듣는 게 정답이라고 생각하진 않는다.

하지만 그녀는 류자키의 지시대로 움직였다. 내 쪽은 거들떠보지도 않고 시모츠키를 뒤쫓아 교사 뒤에서 사라졌다.

'그래도 괜찮은 거구나, 아즈사…….'

의붓동생이 걱정되지만, 이건 그녀가 선택한 길이다. 내가 어떻게 하려고 해봤자 그건 단순한 오지랖이 된다.

그러니 이 이상 아즈사를 생각해봤자 소용없다.

그보다 지금은 시모츠키를 '지키는' 걸 우선해야지.

◆

시모츠키를 위해 나는 뭘 할 수 있을까?

내 감정을 죽이고 오직 그것만을 생각했다.

"둘만 남았으니 침착하게 대화할 수 있지? 뜸 들이지 말고 슬슬 가르쳐줄 수 있잖아? 어째서 시호와 단둘이 있었는지…… 그녀를 어떻게 데리고 나와서 무슨 짓을 하려고 했는지 말해!"

마치 '나야말로 정의'라는 듯한 태도가 걸린다.

자신을 정당화하는 류자키를 보면 내가 틀린 건지 의심이 들 정도다.

"네가 걱정할 만한 일은 하나도 없었고, 애초에 그런 건 왜 궁금해하지? 넌 시모츠키의 남자친구도 아니잖아?"

우선은 류자키가 어떻게 나올지 떠봤다.

"확실히 나는 시호와 사귀는 건 아니지만…… 그래도 나는 시호의 '소꿉친구'야. 그 애를 지키는 역할이 있어. 병약하고, 혼자 있는 걸 좋아하고, 아무에게도 이해받지 못하는 불쌍한 아이지만…… 나만은 시호를 이해해줄 수 있는 유일한 존재야."

류자키는 말했다.

편향된 주장과 일방적 믿음에서 나온 책임감을, 마치 사실이라는 것처럼.

"그러니까 연약한 그 애를 도와줄 수 있는 건 나뿐이야."

류자키는 본인의 믿음을 사실이라고 인식하며 자기중심적인 정의를 휘둘렀다.

시모츠키가 연약하다고?

도와줄 수 있는 건 류자키뿐이다?

……심한 착각이다. 그 애는 그렇게 불쌍하지 않다. 적어도 누군가의 도움이 없으면 제대로 살아갈 수 없는 인간이 아니라고 자신 있게 말할 수 있다.

다만 낯가림이 심한데 외모가 뛰어난 탓에 이목을 끌어서 평소에는 내내 긴장할 뿐……. 그래도 시모츠키는 평범한 사람이다.

뭐라고 하지……. 솔직히 류자키가 무서웠다.

독선적이고, 일인칭이라는 필터를 통해서만 만사를 보는 성질은 말 그대로 하렘 러브코미디의 주인공 그 자체다.

반론했다가 류자키가 이상한 의심을 품고 시모츠키를 괜히 더 따라다니게 된다면……. 상상만으로도 소름이 돋았다.

이 녀석은 자기가 히어로가 아니면 만족하지 못하는 거다. 자신을 중심으로 세상이 돌아가기 때문에 자기 좋을 대로 인식을 왜곡한다.

지금 간신히 그녀의 마음을 이해한 것 같았다.

류자키와는 별로 엮이고 싶지 않다고…… 진심으로 그렇게 느꼈다.

"소꿉친구니까…… 해충에게서 지키는 것도 내 역할이야. 시호는 착하고 겁이 많으니까 자기 의견을 말하지 못하지만…… 대신 내가 말해주마."

그리고 류자키는 아무래도 나를 '소꿉친구에게 손을 대는 놈팽이'로 믿고 있는 모양이다.

"어차피 네가 억지로 끌고 나온 거지? 그 애는 분명 싫어했을 텐데. 하지만 착하니까 거절하지 못해서 어쩔 수 없이 따라왔고. 그 탓에 몸이 안 좋아졌어. 원래도 병약하지만, 너와 같이 있는 바람에 긴장도 했겠지."

그렇지 않다.

그 미소는 거짓말이 아니었다.

하지만 그걸 류자키에게 설명해봤자 이해해주지 않을 테지.

"애초에 그 애는 혼자 있는 걸 좋아해. 네 사정만으로 휘둘러대지 말라고……. 그녀가 착하다고 이용하지 마. 시호의 소꿉친구로서 충고하마. 우연히 권유를 받아줬다고 해서 절대로 착각하지 마라?"

지킨다는 건 공격하는 걸까.

멋대로 시모츠키의 인격이며 생각을 단정하고, 일방적인 믿음으로 타인을 배제하려는 행위가 올바르다고 볼 수 없다.

어째서 이럴 수 있는 거지?

아무리 내가 엑스트라 같다고 해도…… 실례라는 생각은 안 하나?

아니, 가장 실례되는 건 내가 아니다.

시모츠키에게 미안하다는 생각은 없나?

'……아니, 할 리가 없지.'

지금 간신히 확신했다.

역시 류자키 료마는 태어날 때부터 '주인공'이다.

그렇지 않다면 이런 인간은 말이 안 된다.

이유도 없이 인기가 많고, 독선적인 시점을 비난당하지도 않고, 자신은 당연히 히어로라고 여기는 모습은 소설 속 주인공 그 자체였다.

모든 일이 류자키에게 유리하게 해석되고 용인되는, 편의주의적이고 치외법권적 존재다.

'어떻게 할까.'

뭐라고 대답해야 류자키는 만족할까.

어떤 선택지를 눌러야 나를 향한 적의를 풀어줄까.

'……지우면 되겠네. 류자키 안에서 나라는 존재를 지우면 돼.'

내가 바라는 건 시모츠키의 평온.

그러기 위해 오늘 일을 '없었던 것'으로 만들면 된다.

이번에 류자키가 흥분한 이유는 전부 나에게 있다.

나카야마 코타로가 시모츠키 시호에게 접근하자 소꿉친구라는 우위성에 안주하고 있던 류자키 료마는 조급해진 것이다.

『만약 시호가 내가 아닌 사람을 좋아한다면?』

그런 류자키의 불안을 해소하기 위해 필요한 게 나라는 존재를 지우는 것이다.

나만 없으면 류자키는 원래의 일상으로 돌아갈 수 있다.

시모츠키도 류자키에게 '병약하고 혼자 있는 걸 좋아하는 소꿉친구'라는 포지션인 채 그리 간섭받지 않을 것이다.

그렇다면 간단하다.

자랑은 아니지만, 나는 류자키와 다르게 타고난 '엑스트라'다.

유일한 장점은 희박한 존재감.

그걸 이용하면 류자키의 의식에서 쉽게 사라질 수 있다.

"시호에게 뭘 하려고 했어? 시호는 뭐라고 대답했지? 말해. 나는 소꿉친구니까 알아야 해. 그녀를 지켜야 한다고. 그러니까 말해!"

——딸깍.

머릿속에서 소리가 들린다. 무언가 스위치를 누른 듯한 느낌이 들었다.

'나는 히로인에게 껄떡대다 퇴장하는 엑스트라.'

설정을 정한다. 결국 주인공님에게는 이길 수 없다는 인상을 주기 위한 단역을 상상하며 나를 만든다.

『이 정도면 무시해도 돼.』

류자키가 그렇게 인식하면…… 자연스럽게 저 녀석 안에 만들어진 '나카야마 코타로'라는 적대분자가 소멸할 것이다.

즉 이건 단순한 클리셰 이벤트.

초반에 흔히 나올 법한, 메인 히로인에게 껄떡대는 엑스트라를 퇴치해서 주인공의 멋진 모습을 보여주기 위한 장면이다.

그걸 지금 만들어내면 된다.

"그, 그렇게 말해도…… 정말 아무 일도 없었는걸? 그냥 예쁘니까 고백하려고 한 것뿐이야. 철벽이 너무 굳건해서 아무 말도 못 했지만."

실실 웃었다.

경박하고 뇌가 없는 듯한 멍청이를 의식했다.

"고백? 너 시호를 좋아하는 거야?"

"좋아한다고 할까…… 예쁘잖아? 그러니까 가능성이 있다면 사귀고 싶었어! 보다시피 실패했지만."

그렇게 말하자 류자키는 안도한 듯 표정을 풀었다.

"뭐야, 그런 거였나. 너는 그냥 도전자였구나."

예상대로다.

이 녀석은 시모츠키를 걱정했던 게 아니다.

"뭔가 둘이서 도시락을 먹고 작은 목소리로 친근하게 대화하길래 영락없이 네가 억지로 들이대는 건 줄 알았지."

역시 이 녀석은 시모츠키를 누군가에게 빼앗기는 걸 두려워했던 것뿐이다.

"그랬다면 좋았겠지만. 하아~, 류자키에게만은 들키고 싶지 않았는데……. 됐어. 어, 그래. 나는 시모츠키에게 고백하려다가 철벽만 봤습니다!"

——속여라.

——위장해라.

——기만해라.

나카야마 코타로라는 자아를 지우고, 류자키 료마의 인식을 얼버무려.

"즉 내 예상대로 네가 시호를 여기에 불러낸 거지?"

"응. 같이 점심을 먹어달라고 간절히 부탁했어. 시모츠키는 착해서…… 떨떠름해 보였지만 같이 먹어주더라."

얼굴에는 미소를 장착했다.

마음이 욱신거리는 건 '나도 류자키와 같은 인간'이라는 자존심이 아직 어딘가에 남아있기 때문인 건지도 모른다.

지금 그런 건 필요 없다.

나는 그냥 엑스트라로 충분하다.

시모츠키에게 폐를 끼칠 바에야 그런 방해물은 버려도 상관없다.

"그렇게 예쁜 애가 같은 반에 있으니까 가까워지고 싶어서……. 어떻게든 거리를 좁혀서 친해지려고 했는데 류자키가 왔어. 그래서 시모츠키도 많이 당황했나? 갑자기 몸 상태가 이상해졌다고 가 버렸으니까."

분수에 맞지 않는 상대를 사랑한 들러리용 엑스트라.

그렇게 되도록 노력했다.

——굽신거려라.

——아부해라.

——꼬리를 흔들어라.

계속 한심한 남학생을 연기했다.

하다 보니 묘하게 잘 맞는 느낌이었다. 위화감이 없다고 해야 하나, 유난히 착 붙는다.

"하지만 아마 미운털이 박힌 건지도 몰라. 뭐, 어쩔 수 없지. 시모츠키는 절벽 위의 꽃이니까. 예상했던 결말이야."

류자키가 '적조차 못 된다'고 판단할 법한, 이름도 없는 캐릭터를 연기했다.

류자키도 나에게서 더는 위화감을 느끼지 못했는지 노골적으로 긴장을 풀었다.

"그렇군. 뭐, 그렇겠지. 시호가 너 같은 녀석을 선택할 리 없어. 이상하게 불길한 예감이 들었는데, 그냥 착각이었나 보네. 시호가 소꿉친구인 나를 무시하고 다른 녀석을 선택할 리가 없지."

다행이다. 류자키는 알아서 설정을 보완해주었다.

자신이 이해할 수 있도록 상황을 멋대로 정리하고, 그걸 믿었다.

쉽게 속아서 다행이다.

연기에 넘어간 류자키는 날 얕잡아보듯 코웃음을 쳤다.

"훗……. 뭐, 힘내. 시호는 이래저래 쉽지 않은 여자애니까 무리겠지만. 지금까지도 너 같은 도전자는 많이 있었지만 다들 처절하게 깨졌거든. 너도 너무 상처받기 전에 물러나."

기분이 풀렸는지 혀가 아주 매끄럽게 돌아갔다.

"그 애를 이해할 수 있는 건 소꿉친구인 나뿐이니까. 뭐, 짝사랑은 죄가 아니지. 그것도 청춘이야."

나를 완전히 자기보다 격하로 판단한 모양이었다.

류자키는 마치 날 동정하듯 격려를 건넸다.

"하지만 너 같은 바보는 싫지 않아."

그러더니 류자키는 스윽 손을 내밀었다.

"모처럼인데, 친구가 되지 않을래?"

——이 손을 잡고 싶지 않았다.

이건 가짜 우정이니까.

동정과 비웃음 끝에 맺어지는 인연 따윈 필요 없다.

다만…… 그건 내 안의 조촐한 자존심의 주장일 뿐이다.

나의 이성은 '악수하라'고 시켰다.

이성은 이 악수가 '저는 하위 계급입니다'라고 표명하는 행위라는 걸 알고 있다.

나는 감정을 짓누르고 류자키의 손을 강하게 붙잡았다.

"그래! 밑져야 본전이지……. 내 발버둥을 지켜보라고!"

마음속에 휘몰아치는 굴욕을 필사적으로 숨겼다.

울분을 누르고 계속 거짓 웃음을 지었다.

내 노력이 통한 건지, 류자키는 그대로 믿었다.

"그래, 잘 부탁해. 난 시호의 상태도 신경 쓰이니까 슬슬 교실로 돌아갈게. 너도 다음 수업에 늦지 않도록 조심해."

그렇게 말한 뒤 류자키는 등을 돌렸다. 하지만 그것도 잠시, 문득 무언가를 떠올렸다는 듯 다시 이쪽을 돌아보았다.

"아, 그러고 보니…… 너, 이름이 뭐야? 같은 반인 건 알지만 이름을 모르겠네."

——이름조차 기억하지 못하다니.

나는 말 그대로 완벽한 엑스트라 포지션인 모양이다.

"뭐야, 너무하잖아. 나는 나카야마야. 나카야마 코타로."

실실 웃으면서 이름을 댔다.

그 대답을 듣고도 류자키는 당당하게 웃으며 가볍게 고개를 끄덕였다.

"어, 그렇구나. 나카'가와'. 외웠어."

외울 마음도 없군.

이름을 틀렸지만, 류자키는 그걸 눈치채는 기색도 없이 그대로 교사 뒤에서 떠나갔다.

그의 등이 시선을 벗어난 후에야 나는 긴장을 풀었다.

"하아……."

천천히 숨을 내쉬었다. 갑자기 무릎에서 힘이 빠져 그 자리에 털썩 주저앉았다.

"————윽."

혼자가 되었기 때문일까.

팽팽하게 조였던 긴장의 실이 풀어지자 뭐라 말할 수 없는 울분이 치밀어서 충동적으로 지면을 때렸다.

——콱.

자갈이 깔린 지면은 감정을 부딪치기에는 조금 많이 뾰

족했던 건지도 모른다.

"……아파."

통증에 얼굴을 찌푸렸다. 하지만 덕분에 간신히 냉정함을 되찾을 수 있었다.

'알랑거리고 말았어. 류자키에게, 비웃음을 받았어……!'

조금 전의 행동을 돌아보자 또다시 바닥을 내리치고 싶어졌다.

나를 용서할 수 없었다. 류자키에게 굽신거린 내가 비참했다.

이제 와서 자존심을 세운들 의미 없다는 건 알지만, 분한 감정이 도저히 사라지지 않았다.

……하지만, 이게 옳은 선택이다.

"시모츠키를 지키기 위해서라면 어쩔 수 없어."

그녀를 위해서라면 내 감정 같은 건 중요하지 않다.

애초에 나 같은 게 억울함을 느끼는 것부터 잘못되었다.

"엑스트라에게 감정 따윈 필요 없어."

비아냥을 중얼거리고 억지로 웃었다.

하아……. 거울을 안 봐도 알겠다.

분명 지금 내 웃는 표정은 차마 봐주기 힘들 만큼 일그러져있겠지.

제3화
"엑스트라라니, 그런 슬픈 말은 하지 마."

계속 위화감을 느꼈다.

어릴 때부터 만사의 중심에 내가 있었던 적이 없고, 항상 구석에서 얌전히 있었던 것 같다. 요컨대 나는 있어도 없어도 알 수 없는 존재였다.

그래서 나는 도저히 나를 '주인공'이라고 생각할 수 없었고, 누군가의 이야기에 등장하는 단역인 것처럼 얄팍한 일상을 보냈었다.

고등학생이 된 뒤에는 그게 현저해졌다. 친하다고 생각했던 여자아이들과도 소원해져서 고독하게 지루한 시간을 보냈다.

어째서 그런 심심한 일상이었던 건지…… 그 이유를 드디어 알게 된 기분이다.

나는 류자키 료마가 주연인 '하렘 러브 코미디'의 엑스트라 캐릭터였다.

지금까지도 어렴풋하게 느끼고는 있었지만…… 류자키와 대화하며 확신을 가졌다.

나는 류자키 료마라는 '주인공'을 돋보여주기 위한 존재다. 조금 전 들러리 캐릭터를 연기해봤을 때 유난히 위화감이 없었던 것도 이해가 간다.

주인공답게 의연하게 행동하는 그 녀석 앞에서 나는 실실 웃기만 했다. 비참하지만 나에게는 잘 어울리는 것 같았다.

엑스트라니까 나는 지금까지 살면서 별다른 성공이 없었던 건지도 모른다. 일단 남들보다 더 노력한 적도 있지만 잘 풀리지 않았던 건 내가 주인공이 아니었기 때문이다——돌이켜보니 수긍이 간다.

그런 나와는 다르게 류자키는 현재진행형으로 이야기의 중심에 있다. 그게 부럽지 않다고 한다면 거짓말이 될지도 모른다.

……류자키 료마의 러브 코미디에 제목을 붙인다면 이런 느낌일까.

"하렘 주인공이지만 과묵한 소꿉친구만을 사랑한다' 같은 식으로?'

소설 속에선 하렘 주인공 체질인 류자키가 온갖 여자아이들의 유혹을 받지만, 소꿉친구인 시모츠키에게 일편단심——같은 전개가 될지도 모른다.

병약하고, 말이 없고, 혼자 있는 걸 좋아하는 소꿉친구 히로인은 처음엔 류자키에게조차 마음을 열지 않았지만 조금씩 친해지면서…… 최종적으로는 '다른 히로인보다도 너를 좋아해!' 같은 고백을 거쳐 공식 커플이 된다.

다른 서브 히로인들은 속상해하면서도 '료마가 행복하다

면 됐어.'라며 납득하고 주인공과 메인 히로인을 축복한다.

──그런 전형적인 하렘 러브 코미디가 앞으로 펼쳐질 것 같은 느낌에 머리를 부여잡을 뻔했다.

소설은 커플이 되면 일단 막을 내리지만, 인생은 그 후에도 계속 이어진다.

하렘 체질인 주인공이 평범한 결혼 생활을 보낼 수 있을까?

시모츠키에게…… 류자키와 맺어지는 건 그녀에게 가장 큰 행복이 될 수 있을까. 어쩌면 서브 히로인 중 누군가와 양다리가 될 가능성도 있고…… 그렇게 되면 시모츠키는 무슨 생각을 할까.

……생각만으로도 머리가 아팠다.

하지만 이 현실이 류자키 료마의 러브 코미디라면 그렇게 되어도 이상하지 않다.

주인공에게는 편의주의라는 아군이 있다.

뭘 해도 보정이 붙고, 궁지에 몰리면 자동으로 도움의 손길이 찾아오고, 곤경을 극복하면 각성하고 성장한다.

주변 캐릭터는 스토리에 맞춰서 움직이고, 생각이 개조되고, 그저 주인공을 기분 좋게 해주기 위한 인형이 된다.

바보 같은 소리라고 생각할지도 모른다.

하지만 나는 도저히 그 가설을 웃어넘길 수 없었다.

'생각해 보면 다른 애들도 이상했어.'

고등학교 입학식. 류자키 료마와 만난 세 사람은 돌변해 버린 것처럼 보였다. 처음 만난 사람을 그렇게나 좋아하게 된다는 게 내 눈에는 너무 부자연스러웠다.

심지어 세 사람이 동시에.

무언가 보이지 않는 힘이 작용한다고 설명하는 게 더 그럴싸할 정도로 이상했다.

시모츠키도 그 아이들처럼 갑자기 돌변할지도 모른다.

지금은 류자키를 불편해하지만.

편의주의가 시모츠키도 비틀어버린다면 류자키에게 호감을 느끼게 된다——그런 불안이 머릿속에 떠올랐다.

이게 '류자키 료마의 러브 코미디'라고 생각한다면.

최대한 사건이나 이벤트를 일으키지 않도록 하면서 스토리가 진행되는 걸 막을 필요가 있다. 미루고, 처지게 만들고, 정체하게 만들어서 시모츠키를 지키고 싶었다.

그러기 위해선 역시 교실에서 말을 거는 건 악수인 것 같다.

'시모츠키는 말을 걸어달라고 했지만…… 친근한 태도를 보면 류자키가 의심하겠지.'

그녀가 나와 대화하면서 얻는 '즐거움'은 류자키가 적대시하는 위험에 비하면 약하다.

오후 수업 시간. 텅 빈 시모츠키의 자리를 바라보며 그런 생각을 했다.

결국 시모츠키는 보건실에서 돌아오지 않았다. 가방도 사라졌으니 아마 그대로 집에 돌아간 모양이다.

류자키가 의식하기만 해도 이렇게 이변이 일어난다.

하지만 시모츠키는 말을 걸어달라고 했으니…… 어떻게 해야 정답인 건지 나는 조금 알 수 없었다.

엑스트라가 해결해야 할 문제라기에는 조금 짐이 무거웠다.

◆

그렇게 고민하는 중이라 다음 날도 시모츠키와는 대화하지 않았다.

그래도 어제와 마찬가지로 시모츠키가 참지 못하고 말을 거는 걸 예상했는데, 몸이 안 좋았다가 막 회복했기 때문인지 시모츠키는 내내 얌전했다.

그 원인은 자꾸 류자키가 나에게 말을 걸어댄 것도 있을 테지.

즉 이날은 시모츠키와 대화하고 싶어도 '못했다'.

"나카가와, 점심시간은 어디서 먹어?"

"야구부인 하나기시와 같이 먹는데? 그 녀석 항상 옥상에서 먹으니까 지금부터 가는 중이야. 요즘처럼 더운 날에 무슨 생각인 건지."

"그렇구나. 오늘은 시호에게 부탁하지 않아도 돼?"
"어…… 가능하면 그러고 싶은데! 하지만 어제 불편해 보였기도 하고 매일 부탁하면 귀찮아할 것 같으니까."
"음, 그것도 그런가."
점심엔 시모츠키와 같이 있는지 확인하질 않나.
"그럼 나카가와. 내일 보자."
학교가 끝나자 내가 교실에서 나가는 걸 지켜보기까지 했다.
저 녀석은 명백하게 나를 경계하고 있다.
신발장까지 와서 류자키가 따라오지 않은 걸 확인한 뒤 어깨에서 힘을 뺐다.
결국 끝까지 이름을 계속 틀렸지만, 그건 됐고.
아무튼 오늘 하루는 어떻게든 넘겼다.
이만큼 했으면 아마 내일부터는 경계심도 누그러들겠지. 류자키도 한가하지 않으니까 이런 심심한 엑스트라의 학원 생활을 관찰하는 건 금방 질릴 거다.
그런 기대를 하면서 집에 가는 버스를 탔다.
결국 시모츠키와는 대화하지 못했다. 그 사실이 섭섭하지 않은 건 아니다.
하지만 그녀에게 폐를 끼칠 수는 없으니 어쩔 수 없다.
그렇게 자신을 타이르는 사이에 집에서 제일 가까운 버스 정거장에 도착했다.

정기권을 정산기에 터치한 뒤 버스를 내리려고 했다.

그때였다.

"어? 지, 지갑……? 없어? 이, 잃어버렸나?!"

그럴 리가 없건만, 묘하게 귀동냥이 있는 목소리가 들렸다.

'시모츠키가 여기 있을 리 없는데도.'

하도 시모츠키 생각을 하다가 환청이 들린 모양이었다.

생각 이상으로 지친 모양이다. 집에 가서 좀 자야겠다.

"도, 도와줘. 나카야마, 도와줘."

――아니, 진짜로 들리는데?

"진짜……?"

뒤를 돌아보자 그곳에는 울상이 되어 나를 바라보는 시모츠키가 있었다.

"돈이 없어…… 지갑을 잃어버린 거 같아……."

낯가림 탓인지 시모츠키는 개미 기어가는 듯한 목소리로 나에게 도움을 요청했다. 그 옆에선 버스 운전기사가 잔잔하게 웃으면서 시모츠키를 기다리고 있었다.

온화한 사람이라 다행이다. 나는 서둘러 버스에 다시 올라 주머니에서 지갑을 꺼냈다.

"승차권은 있어?"

"으, 응. 여기."

그녀가 떨리는 손으로 내민 건 구깃구깃한 승차권이었다.

얼마나 긴장했던 건지, 꽉 움켜쥔 것 같았다.

하지만 제대로 갖고 있어서 다행이다.

"죄송합니다. 여기요."

승차권과 돈을 정산기에 넣었다.

"네, 감사합니다."

운전기사는 얼굴을 찌푸리지 않고 끝까지 기다려주었다. 친절한 사람이라 정말 다행이다.

"우선 내리자."

"으응……."

당황해서 그런지 시모츠키는 고개를 마구 끄덕였다.

'그런데 시모츠키가 왜 여기에?'

솔직히 나도 혼란스럽다.

여기는 학교가 아니다. 우리 집에서 도보로 3분 거리인 버스 정거장이다.

흔한 주택가. 아무런 특징도 없는 이 장소에 동화 속에서 튀어나온 공주님 같은 소녀가 있다. 그게 너무 부자연스러웠다.

심지어 지금 그녀는 나에게 매달리듯 달라붙어 있다.

"지갑이 없어서 놀랐어……. 버스를 타는 건 처음이지만, 돈을 내야 한다는 걸 알고 있었는데도……. 나카야마를 따라서 서두르다 보니 교실에 두고 왔나 봐……."

그런 거였나.

아무튼 내가 눈치채서 다행이다.

"돈은 내일 꼭 갚을게. 아, 아무튼 도와줘서 고마워! 나카야마는 여차할 때 든든하구나."

"아니, 그건 좀 과찬이고……."

버스 요금을 대신 내줬을 뿐이다. 평범한 행동인데도 시모츠키는 유난히 나를 칭찬해주었다.

"또 그런다. 그런 겸손한 점도 훌륭해."

"하지만 정말로 별거 아닌걸."

"그렇지 않아. 곤경에 처한 사람을 도와주는 건 당연한 것 같으면서도 당연하지 않거든. 아주 훌륭한 일이야."

그러더니 시모츠키는 불쑥 내 머리로 손을 뻗었다.

뭘 하는 건지 지켜보자…… 그녀는 내 머리카락을 헝클어트릴 기세로 팍팍 쓰다듬었다.

"하지만 나카야마는 나를 도와줄 수는 있어도, 자기를 칭찬해주지는 못하는구나. 그럼 내가 대신해줄게."

또다시 어린아이를 대하는 듯한 태도.

키가 작아서 발뒤꿈치를 드는 시모츠키.

발돋움까지 해가면서 쓰다듬어주는 건 상당히 부끄럽다.

"어, 저기…… 고마워."

하지만 그 다정함까지는 거부하지 못했다.

"후후……. 키가 작은 쪽이 쓰다듬어주면 어떤 기분이야? 뺨이 빨개졌네……. 네가 부끄러워하니까 왠지 나까지 쑥스럽잖아."

부끄럽다면 그만하면 되는 거 아닌가?

"그런데, 시모츠키는 왜 버스에 있던 거야?"

계속 이대로 있으면 머리가 이상해질 것 같아 이야기를 돌렸다.

"스토킹했어."

시모츠키가 당당하게 선언했다.

"……스토킹했다고?"

"나카야마, 오늘 한 번도 말을 안 걸었잖아. 그래서 나카야마를 쫓아왔는데, 다른 사람들이 계속 쳐다보니까 말을 걸지 못해서…… 그대로 여기까지 와 버렸어."

"흐음……."

"그런데 같은 버스에 뒤따라 탔는데도 나카야마는 전혀 눈치채지 못하더라."

"그건, 미안."

설마 같은 버스를 타고 있었다니.

시모츠키는 눈에 띄니까 눈치채지 못하는 게 이상하다. 아무래도 난 생각보다 많이 지쳐있던 모양이다.

"오늘 나카야마는 계속 멍하니 있었으니 눈치채지 못할 만도 했지만. 평소와 달라서 무슨 일인지 걱정했어."

"……그렇게 이상했어?"

"응. 소리가…… 으음, 뭐랄까, 지그재그였어."

변함없이 독특한 감성이다. 이해하기 어렵다.

어쨌든 아무래도 내가 걱정되어서 따라온 모양이다.

"만약 멀쩡하면 친구를 방치한 걸 잔소리하려고 했는데. 몸 상태도 별로 안 좋아 보이고, 버스에선 도와줬으니까 화낼 기분도 사라졌어."

그건 고맙다. 어제처럼 무표정으로 혼나는 건 역시 무서우니까 시모츠키는 계속 생글거렸으면 좋겠다.

아주 조금 수다스러운 느낌도 들지만, 나는 말주변이 그리 좋지 않으니까 균형이 딱 맞는 건지도 모른다.

"아, 슬슬 서서 이야기하는 것도 피곤하다. 주스라도 마시면서 한숨 돌리고 싶은 기분인데, 어디 적당히 앉아서 쉴 장소 없어? ……이건 어때? 예를 들어 네 집이라든가. 딱 괜찮을 것 같지 않아?"

그렇게 말한 시모츠키가 내 등을 두 손으로 꾹 밀었다.

"그렇게 됐으니까 가자! 나는 친구 집에 놀러 가는 게 꿈이었어! 그러니까 반드시 나카야마의 집에 갈 거야."

그런 말을 들으니 차마 거절할 수 없었다.

◆

2층 건물에 4LDK. 별다른 특징도 없는 단독주택이 우리 집이다.

"오오! 여기가 나카야마의 집이구나."

하지만 시모츠키는 유독 신기하다는 듯 현관에 서서 집 내부를 둘러보았다.

"딱히 재미있는 건 아무것도 없어. 평범한 집이니까."

"그렇지 않아. 친구인 나카야마가 사는 집이니까 나는 아주 흥미진진해."

나처럼 심심한 인간에게 관심을 가지다니, 시모츠키는 신기한 사람이다.

"들어와. 지금 가족은 없으니까 편하게 있어도 돼."

"네. 실례합니다."

안으로 들이자 시모츠키는 예의 바르게 신발을 정리한 후 따라왔다.

나는 그녀를 거실로 이용하는 방으로 안내했다.

소파와 TV가 놓인 게 전부인 심심한 방이지만, 손님을 접대하기에 적합한 장소는 여기밖에 없으니 참아달라고 해야지.

"차와 주스 중에 어느 게 좋아?"

"주스! 나는 몸에 나쁜 음식을 좋아하거든……. 그래서 부모님은 언제 돌아오셔? 앞으로 오래오래 친하게 지낼 친구로서 인사드리고 싶은데."

"낯을 가리면서 제대로 인사할 수 있어?"

"무, 물론이지! 무시하지 마. 나는 나이 차가 많이 나는 사람은 괜찮은 타입이라고. ……뭐, 그래도 조금 긴장할지도 모르지만. ……정말 너무해."

대놓고 토라져서 화가 났다고 어필하는 시모츠키.

미안하다고 웃으며 사과한 뒤 우리 집의 가정 사정에 대해서도 가볍게 설명했다.

"부모님은 해외 출장 중이시니까, 마주칠 일은 거의 없을 거야. 신경 쓰지 마."

여행 관련 회사를 경영하는 부모님은 아주 바쁘다.

덕분에 별로 얼굴을 볼 일도 없었다.

"그건 아쉽네. 일로 바쁘신 거면 어쩔 수 없지……. 으음, 그럼 나카야마는 대체로 집에 혼자 있겠구나. 역시 조금 외롭고 그래?"

그, 의붓동생인 아즈사가 있으니까 완전히 혼자는 아닌데…….

뭐, 요즘 아즈사는 집에 거의 없으니 혼자 있는 거나 마찬가지인가.

아즈사는 류자키를 만난 뒤로 낮에는 그 녀석의 집에서 노는 게 일과가 된 것 같았다. 키라리와 유즈키도 마찬가지로 류자키의 집에 놀러 가서 하렘 상태란 소문을 들었다.

일단 9시가 되면 돌아오는 모양이지만, 그 시각이면 나는 내 방에 있기 때문에 대화는 거의 없다.

"혼자 지내는 건 이미 익숙해."

아즈사 건을 설명하면 길어질 것 같으니 일부러 생략했다.

"그렇구나……. 항상 혼자 있다니, 나였다면 외로워서 죽어버릴 거야."

그래서 그녀는 나를 '외동'으로 인식한 모양이었다.

"어리광을 부리고 싶어지면 언제든 나한테 말해. 나는 누나 같은 구석이 있잖아? 아마 어리광을 받아주는 재능도 있을 테니까 의지할만할 거야."

……미안하지만 나에게 시모츠키는 굳이 따지자면 동생 느낌이다.

하지만 누나처럼 행동하며 의젓해지려고 하는 시모츠키도 나쁘지 않았기에 반론하지 않고 고개를 끄덕였다.

"그럼 외로워졌을 때 부탁할까."

내 대답에 시모츠키는 아주 기쁘다는 듯 눈을 휘었다.

그리고는 빈 컵을 내밀었다.

"한 잔 더!"

……그 모습이 몇 년 전의 아즈사와 겹쳐졌다.

중학생 때 아즈사도 이렇게 나를 자주 부려 먹었지.

"있지, 겸사겸사 어깨도 마사지해줄래? 어제 게임을 너무 오래 해서 어깨가 뭉쳤어. 헌터가 되어 몬스터를 사냥하다 보니 다섯 시간이나 지났더라. 아무리 나라도 내 집중력에 놀랐다니까. 엄마는 그런 날 보고 황당해했지만."

어리광을 부리라고 말해놓고 본인이 어리광을 부리는

시모츠키는 역시 동생 같아서 웃음이 나왔다.

◆

"자, 휴식도 끝났으니…… '그것'을 하자."
"그것?"
의미심장하게 발언하는 시모츠키.
소파에서 일어난 그녀는 눈을 반짝반짝 빛냈다.
"친구 집에 놀러 왔다면 역시 방 구경을 해야 하지 않겠어? 애니에선 꼭 나오는 전개거든. 나 계속 동경했었어."
"으음……. 하지만 별로 특별한 건 없는데?"
솔직히 내 방을 보여주고 싶지는 않았다.
뭐라고 하지……. 겸손해하는 게 아니라, 정말로 심심한 방이기 때문이다.
"어디 있어?"
"2층 앞쪽 방……."
"그렇구나. 그럼 돌격!"
시모츠키는 어린아이처럼 집 안을 달렸다.
거실문을 열고 2층으로 올라갔다.
"잠깐, 아앗……."
막을 새도 없었기에 포기하고 나도 그녀의 뒤를 쫓아갔다.
내 방에 들어가자 안에는 이미 시모츠키가 있었다.

"우와! 책이 잔뜩 있어."

내 방을 둘러본 그녀의 눈이 휘둥그레졌다.

그럴 만도 했다. 이 방에는 책과 책상과 침대밖에 없으니까.

"미안해. 좀 어수선하지……."

벽 하나를 꽉 채운 책꽂이만이 아니라 바닥에도 책이 수없이 굴러다녔다.

"나카야마는 책을 좋아해?"

"좋아한다기보다는…… 이것 말고는 할 게 없었다는 느낌이야."

취미라기보다는 일과라고 표현하는 게 적절한 느낌이다.

어릴 때부터 친구를 사귀는 건 서툴렀다. 그래서 시간을 죽이려고 책을 읽었고, 그게 지금까지 이어지고 있다.

"아! 이 라이트노벨 나 알아……. 애니로 나온 작품이야!"

"그랬구나. 애니는 안 보니까 몰랐어."

시모츠키가 든 작품을 보고 불현듯 반가운 기분이 들었다.

그러고 보면 그 작품은 키라리도 좋아했었다.

아무런 특징도 없는 수수한 주인공이 같은 학교 미녀의 눈에 들어서 친해지는 내용으로 기억한다. 라이트노벨에서는 꽤 흔한 장르지만, 키라리는 유난히 애착을 보였던 게 문득 생각났다.

이 책을 계기로 키라리와 라이트노벨의 감상을 공유하

는 사이가 되었다.

문학작품만 읽던 나에게 라이트노벨이라는 장르를 가르쳐준 게 그녀였고, 여기에 있는 라이트노벨은 대부분 그녀에게서 받은 것이다.

이제는 키라리와 대화도 거의 하지 않게 되었지만…… 중학 시절을 떠올리면 조금 추억에 잠기는 기분이 든다.

"나카야마는 책만 읽는 타입이구나. 나는 반대로 글자를 읽는 걸 싫어하니까 책이나 만화는 안 읽어. 애니나 TV나 게임만 즐기지."

시모츠키는 내 방을 물색하듯 들뜬 걸음으로 이리저리 돌아다녔다.

"혹시 게임기는 없어? 나 친구랑 같이 게임 하는 게 꿈이었는데……. 아, 혹시 나카야마는 게임 안 하는 사람이야?"

"응. 게임은 별로 안 해."

내 방에는 책밖에 없다. 게임은 물론이고 TV도 없으니 애니를 보지도 못한다. 애초에 화제가 될 만한 물건이 적다.

그래서 시모츠키를 적극적으로 방에 들이고 싶지 않았다.

"심심한 방이라서 미안해."

무심코 사과했다.

방은 개성을 드러내는 거울 같은 것……. 심심한 내 방은 즉 나카야마 코타로의 인간성이기도 하다.

모처럼 시모츠키가 와 주었는데 즐겁게 해주지 못한다.

그게 정말로 면목이 없었다.

“왜 사과하는 거야? 전혀 심심하지 않은데.”

“아니, 하지만…… 따분하잖아.”

실망하진 않았을까. 아까부터 불안이 머릿속을 빙글빙글 맴돌았다.

그 탓에 평소에는 마음속에만 담아두는 부정적인 생각이 불쑥 입 밖으로 새어 나가고 말았다.

“이런 ‘엑스트라’의 방은 봐 봤자 재미없어.”

그 순간 방의 온도가 확 내려갔다.

“──그건 무슨 소리야?”

아까까지 그렇게 생글거리던 시모츠키의 미소가 갑자기 얼어붙었다.

목소리도 마치 다른 사람을 대하는 것처럼 차가워졌다.

“나카야마. 그런 쓸쓸한 말 하지 마.”

“아니, 애초에 나 같은 건…….”

“그 ‘나 같은 거’란 말도 하지 마.”

화났다기보다는 슬픈 것 같았다.

무표정이라서 알아보기 어렵지만, 왠지 그런 느낌이 들었다.

“내 소중한 친구를 나쁘게 말하는 건 용서 못 해. 설령 그게 본인이라고 해도……. 나카야마를 무시하는 말은 그냥 지나칠 수 없어.”

어느새 그녀는 내 손을 살며시 잡고 있었다.

마치 '불안해하지 않아도 괜찮아'라고 전해주듯이.

"나는 말이지, 나카야마에게 관심이 있어. 네가 어떤 사람이고, 뭘 좋아하고, 어떤 생각을 하는지 알고 싶을 뿐인데……. 방이 재미있다거나, 그런 건 아무래도 상관없어."

계속 시모츠키와 나는 '수준이 다르다'고 생각했다.

열등감에 사로잡혀 있었다. 특별한 존재감을 지닌 그녀와 비교하면 나 같은 건…… 하고 비하하기만 했다.

하지만 시모츠키는 그게 마음에 걸렸던 모양이다.

"애초에 나카야마는 부정문이 너무 많아. 칭찬하거나 고맙다고 해도 '하지만', '그런데'라고만 하면서 내 마음을 전혀 받아주지 않잖아……. 그거 꽤 서운하거든? 칭찬했을 때는 기뻐해 줘."

"그랬구나……."

그 말을 듣고 처음으로 깨달았다.

비굴해진 나머지 나는 시모츠키에게 아주 무례한 짓을 저지르고 있었던 모양이다.

"'엑스트라'라니, 그런 슬픈 말은 하지 마."

그렇게 말해주는 시모츠키를 보며 내가 실수했었다는 걸 이해했다.

그녀에게 폐가 되지 않도록 언동을 조심했었는데, 그게 오히려 시모츠키에게 좋지 않았다면 의미가 없다.

"미안해. 앞으로는 말하지 않도록 노력할게."

"그럼 약속. 자, 새끼손가락 내밀어."

또다시 어린아이를 타이르는 선생님처럼 시모츠키는 새끼손가락을 내밀었다.

가늘고 작은 손가락은 잡으면 부러질 것 같은 느낌이다.

평소였다면 부끄럽다고 하면서 도망쳤을지도 모른다.

하지만 앞으로는 제대로 마주 보고 싶으니까.

"응. 약속할게."

순순히 고개를 끄덕이고 시모츠키의 새끼손가락에 내 새끼손가락을 걸었다.

그제야 간신히 시모츠키의 표정이 풀어졌다.

"이해했으면 됐어. 말을 잘 듣는 것도 나카야마의 매력이야. 나쁜 짓을 하면 똑바로 사과하고, 반성하면 돼. 당연한 거지만 그걸 제대로 할 줄 아는 사람은 꽤 소수거든."

"그런가?"

내가 대단하다는 생각은 역시 들지 않는다.

하지만 시모츠키가 칭찬해주니까. 그런 나를 조금 소중히 여기고 싶다.

그 결의가 전해진 건지도 모른다. 시모츠키는 원래의 표정으로 돌아가 전처럼 생글생글 웃으며 나와 대화해주었다.

"게다가 '심심한 방'이라고 생각한다면 재미있게 만들면 되잖아? 내가 게임기나 그런 거 많이 가져와 줄게."
"그거 좋은 생각이네. 나도 기대된…… 아니, 잠깐. 2주일 뒤에 중간고사 아니었나? 게임만 하면 안 될 것 같은데."
"시험 같은 건 몰라! 학생의 본분은 게임이야. 그런 재미없는 작업을 혼자 몇 시간씩 할 수 있는 게 더 이상하다고. 아, 하지만…… 나카야마가 가르쳐준다면 해줄 수도 있어."
"……그럼 같이 공부할까."
『나 같은 녀석과 같이 공부해봤자 재미없을 거야.』
『엑스트라 주제에 메인 히로인 같은 시모츠키에게 공부를 가르친다니 이상해.』
그런 비굴한 생각을 치우고 보자 대화는 생각보다 길게 이어졌다.
"그래도 돼? 그럼 이제 나카야마와 많이 같이 있을 수 있겠다……! 아, 학교에서도 공부 가르쳐줘야 한다? 오늘처럼 무시하지 마."
그러고 보면 류자키 문제로도 고민하고 있었지……. 어떻게 해야 할지 알 수 없었는데, 드디어 깨달았다.
이런 이야기도 제대로 말하면 된다.
"어, 그게……. 학교에선 류자키가 자꾸 기웃거리니까 내 생각엔 좀 피하는 게 좋을 것 같아."
『나 같은 게 상담하다니 황공해.』
그런 비굴한 생각 때문에 상담한다는 선택지를 배제하고

있었다.

"어? 꼭 그래야 해……?"

"미안해. 대신 점심은 같이 먹자. 방과 후에도 우리 집이라면 언제든 와도 되니까 이걸로 어떻게든 용서해줄래?"

류자키에 관한 것도 숨김없이 본심을 털어놓았다.

덕분에 시모츠키도 내가 적극적으로 말을 걸지 않았던 이유를 이해해준 건지 조금 안도한 듯 표정을 풀었다.

"그랬구나……. 즉 나카야마는 그 사람이 있으니까 학교에서 나에게 말을 걸지 않았다는 거야?"

"응. 시모츠키에게 말을 걸면 류자키가 조금 무서워."

"그래…… 하긴. 나도 그 사람은 좀 불편하지만……. 그래도 그 사람이 내 즐거움을 방해하는 건 역시 불만이야."

못마땅하다는 듯 입술을 삐죽였지만, 이것만큼은 나도 굽힐 수 없다.

시모츠키에게 상처 주지 않기 위해서도 류자키는 철저하게 경계할 필요가 있다.

"시모츠키는 학교에선 낯을 가리니까 어차피 말을 걸어도 평범하게 대화하지 못하고…… 별 차이 없지 않을까?"

"화, 확실히 낯가림은 하지만! 대놓고 들으니까 좀 억울해……. 그래도 놀리는 것도 친구 간의 대화 같아서 즐거운 것 같기도 하고? 나카야마도 조금씩 마음을 열어주고 있구나."

——아주 조금이기는 하지만.

시모츠키가 혼내준 덕분에 시야가 넓어진 느낌이다.

"그런 거라면 어쩔 수 없으니까 허락해줄게."

봐봐. 생각보다 쉽게 고민이 해결됐잖아.

비굴해진 나머지 혼자서 끙끙 앓는 건 오히려 시모츠키에게 실례였던 건지도 모른다. 그런 미숙한 부분을 제대로 고치고 싶다.

그러면 시모츠키와 더 친해질 수 있을 것 같다.

"사실은 학교에서도 나카야마와 대화하고 싶지만 참을게. 대신 방과 후에는 많이 놀아줘. 나는 나카야마가 생각하는 것보다 몇 배는 더 외로움을 탄단 말이야."

……그나저나 이렇게 신뢰해준다는 사실이 새삼 놀랍다.

그리고 그녀 본인도 나에게 느끼는 친근감에 놀란 모양이었다.

"정말 나카야마는 신기해……. 왜 네 옆에 있으면 이렇게 안정되는 거지? 게다가 왜 이렇게 어리광쟁이가 되는 걸까……. 나카야마의 소리가 굉장히 기분 좋아서 자꾸만 마음이 풀어져."

어떤 사람보다도 '특별'하게 태어난 소녀가 나라는 인간에게 특별한 감정을 느낀다.

조금 전의 나였다면 '그렇지 않아' 하고 부정했을지도 모른다.

하지만 지금은 순순히 그 마음을 받아들일 수 있었다.

"이유는 뭐든 상관없어. 아무튼 나는 시모츠키가 그렇게 생각해줘서 기뻐."

"그래? 그렇다면 다행이다."

폐가 될 리 없다.

평소에는 무표정한 여자아이인데 내 앞에서만 천진한 미소를 보여준다.

그게 기쁘지 않을 리가 없잖아.

◆

방에는 의자가 하나밖에 없다. 책상에 딸린 의자로, 거기에는 내가 앉았다. 물론 시모츠키에게 앉으라고 했지만, 그녀는 아무래도 마음에 드는 장소를 발견한 건지 거기서 움직이지 않았다.

"이 방에는 모니터가 없으니까 게임을 하려면 거실? 게임기는 내가 가져올 테니까 나카야마도 같이 놀자."

시모츠키는 침대에 앉아 베개를 끌어안고 계속 떠들어댔다.

"여기 인터넷 선은 있어? 어? 고정 회선?! 우리 집은 엄마가 게임을 반대하니까 인터넷도 연결해주지 않아서…… 계속 모바일 게임이나 오프라인 게임밖에 못 했지만 여기서라면 온라인 대전 게임도 할 수 있겠다! 우와, 나 물대포로 잉크 쏘는 슈팅 게임 하고 싶었는데! ……응? 어라?"

갑작스러운 반응.

내가 하나를 말하면 열 개를 말하는 기세로 떠들던 시모츠키가 불현듯 움직임을 멈췄다.

……아니, 멈추진 않았나. 은은히 붉은빛을 띤 귀만이 꿈틀꿈틀 움직였다.

마치 무언가 소리를 감지한 것처럼.

"나카야마는 외동이지? 어? 그럼 이 발소리는, 즉……?"

갑자기 원망하는 듯한 시선이 날아왔다.

"어, 어떻게 된 거야?"

흘겨보는 시선의 의미를 알 수 없어서 당황하고 있었더니 간신히 그녀가 들었을 '소리'가 나에게도 들렸다.

계단을 올라오는 발소리.

"다녀왔습니다."

그리고 피가 이어지지 않은 동생의 목소리였다.

"바람이야. 애인이 있는 줄은 몰랐어……."

동시에 시모츠키가 토라진 듯 고개를 돌렸다.

그 발언에 그녀가 무슨 착각을 한 건지 그제야 깨달았다.

귀가 좋은 그녀는 나보다 일찍 아즈사의 발소리를 감지하고, 심지어 그게 여성의 발소리라는 것까지 파악한 모양이다.

그래서 이렇게 생각한 건지도 모른다.

'시모츠키에겐 아즈사에 대해 말하지 않았으니까…… 혹시 아즈사를 내 '여자친구'라고 의심하는 건가?!'

오늘은 웬일로 아즈사가 일찍 돌아왔다.

아즈사에 대해서는 말하지 않을 생각이었지만 이래서는 밝힐 수밖에 없다.

"시모츠키, 진정해……. 제대로 소개할 테니까."

"으으……. 친구에게 애인이 있으면 이렇게 가슴이 답답해지는구나……."

반응을 보는 한 시모츠키는 화가 난 건 아닌 모양이었다. 하지만 눈에는 눈물을 그렁그렁 매달았고 목소리도 떨려서 슬퍼하고 있다는 건 알았다.

한시라도 빨리 오해를 풀어서 원래의 시모츠키로 돌려놔야지.

"아즈사, 잠깐 와 볼래?"

문을 열고 방에 들어가려던 아즈사에게 말을 걸었다.

그러자 흑발 트윈테일을 흔들며 아담한 소녀가 이쪽을 돌아보았다.

갑작스러웠기 때문인지 구슬 같은 눈이 동그래졌다.

"어? 어, 응……. 상관없는데, 왜?"

하지만 그 눈은 나를 똑바로 보고 있다.

류자키를 만난 뒤로 사랑에 취한 아즈사는 집에서 말을

걸어봤자 건성건성 흘릴 뿐이었는데 오늘은 어딘가 이성적으로 보였다.

뭐, 평소 이 시간대엔 류자키의 집에서 놀고 있을 때니까……. 무언가 이유가 있어서 돌아온 건지도 모른다.

그것도 마음에 걸렸지만, 지금은 시모츠키의 오해를 푸는 게 먼저다.

"친구가 방에 와 있는데…… 아즈사를 소개해도 돼?"

"오빠 친구? 별일이네……. 그래, 알았어."

내 말에 고개를 갸웃거리면서도 아즈사는 받아들였다.

몇 걸음 걸어 내 방을 들여다보는 아즈사.

"안녕하…… 어? 어라? 왜 시모츠키가 여기 있는 거야?"

시모츠키를 본 아즈사는 이번엔 눈이 튀어나올 듯한 기세로 놀랐다.

"오, 오빠 친구라니, 의외네."

"아즈사잖아……? 그랬구나…… 나카야마는 나를 제쳐놓고 이렇게 귀여운 아이를 유혹했던 거야?"

아즈사가 나타나자마자 시모츠키는 순식간에 목소리가 작아졌다.

낯가림이 발동한 건지도 모른다. 하지만 그래도 입을 다물지 않고 작게 중얼거리는 건 역시 이 상황에 동요했기 때문이겠지.

"어? 아, 안 들려……. 뭐라고 하는 거야?"

방 입구에 선 아즈사에게는 시모츠키의 목소리가 들리지 않은 모양이다.

“딱히 이상한 소린 안 했어. 그냥 놀랐다고 한 거야.”

통역…… 아니, 의역해주면서 머릿속으로 어떻게 해야 할지 정리해봤다.

아무튼 나와 아즈사가 단순한 의붓남매라는 걸 설명할 수밖에 없는데.

그래도 눈치를 못 채는 걸까. 같은 집으로 돌아오고, 성도 같고, ‘오빠’라고 부른다면 감이 올만도 한데.

“시모츠키, 그게 아니고, 아즈사는 의붓동생이야. 혈연관계는 아니니까 나이와 학년은 같지만 가족이지.”

“의, 의붓동생?! 뭐야 그 부러운 관계……! 즉 여자친구라는 거구나?”

가족임을 밝혀도 오해는 계속 유지되고 있다.

확실히 라이트노벨 같은 곳에선 피가 이어지지 않은 여동생도 히로인에 들어가곤 하지만…… 나와 아즈사는 그런 사이가 아니다.

“저기, 오빠. 시모츠키가 뭐라고 하는 거야?”

아즈사도 이쪽의 대화가 궁금한 모양이었다.

여기까지 오면 시모츠키는 내 말만 듣고는 오해를 풀지 않을 것 같은 느낌이 든다.

따라서 아즈사 쪽에서도 제대로 설명하도록 시모츠키의

오해를 알려주었다.

"같은 반인데 같은 집에 있다니 사귀는 거 아니냐고 생각했나 봐."

"뭐……? 아니거든. 아즈사는 오빠의 여자친구가 아니야. 그냥 가족이지."

"……어? 정말?"

아즈사의 말에 시모츠키도 간신히 자신의 착각을 자각한 모양이다.

"화, 확실히 둘 다 왠지 차가운 소리가 나……. 어? 그럼 정말로 그냥 의붓남매인 거야?"

"응, 아까부터 그렇게 말했잖아."

쓴웃음을 지으며 고개를 끄덕였다.

시모츠키는 감수성이 높으니 내가 거짓말을 하지 않았다는 것도 눈치챘을 것이다.

"……주, 죽고 싶어."

폭발하는 게 아닌지 걱정될 만큼 얼굴이 새빨개지더니 이번에는 품에 안고 있던 베개로 얼굴을 가렸다.

"미안해, 착각했습니다!"

착각한 게 너무 부끄러웠던 건지 시모츠키는 얼굴을 베개에 파묻은 채로 일어나 그대로 방에서 뛰쳐나갔다.

아즈사 옆을 빠르게 스쳐 지나가 그대로 계단을 내려갔다.

"아, 앞을 똑바로 봐야지! 넘어진다!"

허둥지둥 쫓아가자 현관 앞에서 그녀를 따라잡았다.
"보지 마! 지금 보면 너무 창피해서 죽어버릴 거야."
여전히 베개로 얼굴을 가리고 있다. 그 때문에 목소리도 웅얼거렸다.
"얼굴은 안 보여줘도 돼. 하지만 집에 돌아갈 거라면 바래다줄게. 돈도 없으니 버스에도 못 탈 테고……. 애초에 버스를 탈 수 있을지도 조금 불안하니까."
"그, 그렇게까지 바보는 아니야!"
아니. 나는 걱정되니까 바래다주고 싶은데.
하지만 시모츠키는 문제없다고 고개…… 아니. 베개를 좌우로 흔들었다.
"괜찮아. 엄마에게 전화해서 차로 데리러 오라고 할게."
……뭐, 부모님에게 전화한다면 괜찮겠지.
"그럼 나카야마! 내일도 여기에 올 거야. 하지만 오늘은 바이바이!"
시모츠키는 신발을 신고 도망치듯 문밖으로 나갔다.
"어, 베개……."
밖으로 나가기 전에 어련히 베개를 돌려줄 줄 알았는데, 시모츠키는 그대로 가지고 가버렸다.
오늘 밤은 시모츠키 때문에 잠자리가 불편해질지도 모르겠다.

◆

“오빠, 시모츠키와 아는 사이였구나.”

방으로 돌아오자 아직 아즈사가 남아있었다. 이쪽의 사정이 궁금했던 걸까.

나에게 흥미를 보이다니 아주 오랜만인 것 같다.

“그러고 보면 점심시간에도 같이 있었지. 그때도 놀랐어.”

“응…… 그저께 친구가 되었거든. 그래서 점심시간에 같이 점심을 먹었지.”

“흐응. 그런 거였구나.”

의자는 아즈사가 앉아있었기에 선 채로 대답했다.

하지만 약 두 달 만에 오가는 남매의 대화는 전보다 상당히 어색했다.

“‘…………’”

바로 침묵이 찾아와 묘한 분위기가 감돌기 시작했다.

일찌감치 대화를 끝내주는 게 아즈사도 신경 쓰지 않아도 돼서 편할지도 모른다. ……그런 생각이 들었을 때, 문득 아즈사가 중얼거렸다.

“이거, 료마 오빠는 알려나.”

——맹점이었다.

아니, 오히려 왜 눈치채지 못했던 거지?

현재 류자키는 시모츠키에게 열중하고 있으며 아즈사를

비롯한 서브 히로인이 아무리 어프로치 해도 흔들리지 않는 상황이다.

그런 정체된 상황에서 시모츠키가 류자키가 아닌 다른 이성과 사이가 좋아졌다.

아즈사의 처지에서 보면 '절호의 기회'라고 판단하고 이 사실을 류자키에게 알려도 이상하지 않았다.

나와 시모츠키가 사이가 좋다는 걸 알고 류자키가 포기한다면 다행이다.

하지만 그 녀석이라면 포기하지 않을 것 같다. 오히려 역경에 불타올라 한층 더 시모츠키에게 접근할 가능성이 있다.

그것만큼은 어떻게든 저지해야만 한다.

"미안해, 아즈사……. 나와 시모츠키에 대해서는 비밀로 해주지 않을래? 류자키가 알아서는 안 돼."

그래서 나는 아즈사에게 애원했다.

실수한 건 돌이킬 수 없다. 아즈사는 우리의 관계를 알아버렸으니, 남은 건 그녀에게 비밀로 해달라고 약속을 받아 내는 방법밖에 없다.

"부탁이야. 제발, 부탁할게……."

너무 필사적이었기 때문일까.

무의식중에 아즈사에게 바싹 다가가 양어깨를 꽉 붙잡고 있었다.

"오, 오빠? 진정해……. 왜 그렇게 동요한 거야?"

아즈사도 내 태도에 당황스러워했다. 하지만 그 이유를 자세히 가르쳐주기는 어렵다.

아즈사는 류자키의 이상함을 이해할 수 없으니까.

그 녀석에게 반한 당사자니까 당연하다.

"미안해. 아무 말도 하지 말고, 제발…… 응?"

그저 머리를 숙였다.

……솔직히 아즈사가 부탁을 들어주는 건 어려울 것 같았다.

아즈사에게는 좋아하는 남자와 가까워질 큰 기회니까.

하지만.

"――응, 알았어. 그럼 비밀로 할게."

예상했던 것보다 싱겁게.

맥이 풀릴 정도로 아즈사는 선뜻 고개를 끄덕였다.

이렇게 간단히 내 부탁을 받아들일 줄은 몰랐기 때문에 이번에는 내가 당황했다.

"사정은 잘 모르겠지만…… 오빠가 그렇게 해달라면, 그럴게."

"……괜찮아?"

"괜찮지. 오히려 오빠가 그렇게 미안해하는 이유를 모르겠는데."

그렇게 말하며 아즈사는 작게 웃었다.

오랜만에 본, 아즈사다운 애교 있는 미소였다.
"딱히 시모츠키 이야기를 하든 말든 아즈사가 할 일은 달라지지 않는걸. 최선을 다해 료마 오빠가 돌아보도록 노력하기——그것뿐이야."
그 말에서는 신념이 느껴졌다.
……어쩌면 나는 아즈사의 사랑을 가볍게 봤던 건지도 모른다.
이건 억측에 불과하지만.
예를 들어 나와 시모츠키의 관계를 류자키에게 밝힌다고 치자. 그래서 류자키가 상심하고, 그 틈을 타 아즈사가 관계를 진전시키고…… 그런 방식으로 사귀어봤자 아즈사는 그리 기쁘지 않은 건지도 모른다.
그런 생각이 들 정도로 아즈사는 정정당당하게 류자키를 공략하고 있다.
내 착각에 부끄러움을 느끼고 반성했다.
"미안해."
"응……? 왜 사과하는데? 오빠는 진짜 이해하기 힘들어. 옛날부터 오빠를 잘 모르겠어."
그렇게 말하며 아즈사는 어깨에 놓인 내 손을 슬쩍 치웠다.
이야기는 이걸로 끝났다는 듯이.
"그럼 방으로 돌아갈게. ……아즈사도 열심히 할 테니까 오빠도 열심히 해."

마지막으로 그렇게 말한 뒤 그녀는 방에서 나갔다.

'……역시 나와 시모츠키 사이에 무언가가 있다는 건 눈치채고 있나 봐.'

어쩐지 그런 느낌이 든다.

하지만 눈치채지 못한 척하며 우리를 눈감아준 건지도 모른다.

그런 의붓동생의 배려가 고마웠다.

"고마워……. 아즈사도 열심히 해."

이미 들리지 않는다는 건 알고 있으면서도 무심코 나와버린 말.

나도 제대로 응원하는 말을 건네고 싶었다.

사실은 응원만이 아니라 도와주고 싶다. 하지만 나는 류자키 료마의 러브 코미디에는 개입할 힘이 없으니까 지켜볼 수밖에 없다.

무력해서 미안해. 하지만 지금도 항상 아즈사가 행복하길 바라.

◇

오빠의 방에서 나왔다. 문을 잘 닫은 걸 확인했지만, 아즈사는 잠시 그 자리에서 움직이지 못했다.

'오빠, 화 안 났구나…….'

오랜만에 오빠와 대화했다.

하지만 그는 변함없이 부드러웠고…… 그게 너무 신기했다.

『오빠는 이상적인 오빠가 아닌 걸까. 아즈사가 찾던 진짜 오빠는…… 료마 오빠인 건지도 몰라.』

고등학교 입학식, 류자키 료마를 만난 뒤.

집에 돌아온 아즈사는 무심코 그런 말을 해버렸다.

그 순간을 선명히 기억하고 있다.

말한 직후, 평소에는 감정을 별로 보이지 않는 코타로가 괴로워 보였던 것도 잊을 수 없었다.

'그렇게 심한 말을 했는데…… 지금도 '오빠'의 눈으로 아즈사를 보고 있어.'

이미 미움받았어도 이상하지 않다고 생각했다.

집에서 말을 걸지 않았던 것도 코타로가 싫어할 줄 알았기 때문이다.

하지만 그건 아즈사의 착각이었다.

"고마워……. 아즈사도 열심히 해."

불현듯 방 안에서 유독 큰 중얼거림이 들렸다.

"윽……."

처음엔 코타로가 아직 아즈사가 문 앞에 있다는 걸 알고 있는 줄 알고 놀랐다.

'어쩌지? 뭔가 대답해야 할까?'

오빠의 방으로 돌아가면 또 다정하게 말을 걸어줄지도 모른다.

'옛날처럼…… 오빠가 받아줄까.'

문득 과거가 그리워졌다.

전처럼 돌아가고 싶다는 생각이 든 직후, 그녀는 스스로가 부끄러워졌다.

'——그렇게 이기적으로 굴면 안 돼.'

문고리를 돌리려고 한 왼손을 오른손으로 붙잡았다.

잠시 기다려도 코타로는 나오지 않았다. 그러니 조금 전 그 말은 아즈사를 향한 게 아니라 단순한 혼잣말이었던 모양이다.

그 사실을 확인한 뒤 아즈사는 자신의 방으로 빠르게 걸어갔다.

'오빠가 착하다고 기대는 건 비겁하잖아.'

침대에 뛰어들어 눈을 꾹 감았다.

나약한 자신을 깨닫고 불현듯 눈물이 나올 것 같았다.

'료마 오빠와 잘 안 되고 있다고 해서 이러는 건 치사해.'

평소 이 시간대는 료마의 집에서 놀았다. 어제도 그랬다. 하지만 즐길 수 없었다.

심지어 오늘은 료마와 얼굴을 마주할 용기가 없어서 오랜만에 학교에서 집으로 곧장 돌아왔다.

'고백…… 실패했으니까.'

어제 점심시간. 코타로와 시호를 마주친 그때, 아무 일도 없었다면 아즈사는 료마에게 고백하려고 했지만 결국 실패했다.

그 탓에 적잖이 낙심해있었다.

'그러고 보면 그때도 오빠는 도와주려고 했었지.'

또다시 오빠의 다정함을 떠올렸다.

시호의 몸 상태가 안 좋아졌고, 료마는 아즈사에게 그녀를 보건실에 데려다 달라고 지시했었다. 그때 코타로는 이렇게 말했다.

『잠깐만. 류자키, 그녀와 뭔가 대화할 게 있지 않았어? 시모츠키는 내가 보건실에 데려갈 테니까 이야기만이라도 들어줘.』

막으려고 했다. 명백하게 아즈사와 료마를 단둘이 있게 해주려고 했다.

'오빠는 아마 아즈사를 도와주려고 한…… 거지?'

코타로는 아즈사가 고백하려는 걸 눈치챈 것 같았다.

'이런 동생을 도와주려고 하다니…….'

결국 고백하지 못했다.

하지만 그런 코타로의 배려에 아즈사는 조금 위로받았다.

'하다못해 오빠를 방해하진 말아야지.'

고마웠다. 그래서 코타로의 연애를 가로막는 짓은 하지

않겠다고 결심했다.

'시모츠키에 대해 료마 오빠에게 말하는 것도…… 고려했었지만, 역시 그런 비겁한 짓은 하기 싫어.'

생각하지 않았다고 한다면 거짓말이다. 두 사람의 관계를 료마에게 알리면 아즈사의 연애가 편해질 가능성이 있다는 것도 잘 알고 있다.

하지만 일부러 모르는 척하며 코타로와 시호 일을 마음속에 넣어두었다.

'미안해, 오빠.'

이건 그녀 나름의 속죄.

'왜 아즈사는…… 그렇게 심한 말을 해버린 걸까.'

아무리 류자키 료마가 죽은 친오빠를 닮았다고 해도 코타로를 싫어하게 된 건 아니다.

오히려 '오빠'로서 대하려고 노력하는 코타로에게 고마움도 느꼈다.

하지만 료마를 만난 뒤로 아즈사는 자신을 제어하지 못하게 되었다.

'왜 이렇게 료마 오빠를 좋아하게 된 거지?'

주변은 아무것도 보이지 않을 만큼 아즈사는 료마에게 푹 빠졌다.

이유는 본인조차도 모른다. 무언가 보이지 않는 힘이 잡아당기는 것처럼 아즈사는 료마를 사랑하게 되었다. 그 탓에 료마와 코타로를 비교했고, 심지어 심한 말까지 해버리고 말았다.

'다른 사람이 된 것 같아…….'

그녀도 자신의 이변을 눈치채고 있다.

하지만 그렇다고 해도 이상해진 자신을 원래대로 되돌리지는 못했다.

'이게 사랑에 빠진다는 건가.'

어떤 것보다도 료마를 우선한다.

그래서 가족에게 상처를 준다고 해도 료마를 긍정하게 된다.

'첫사랑이니까. 내일 또 열심히 해야지……. 역시 아즈사는 료마 오빠가 좋아.'

이미 그녀는 돌이킬 수 없다. 류자키 료마라는 주인공의 독에 빠져버렸다.

마치 마약처럼.

나카야마 아즈사는 류자키 료마에게 의존하고 말았다.

제4화
'전(轉)'

5월 말 중간고사까지 앞으로 10일도 남지 않았다.

성실한 학생이라면 시험을 대비해 공부에 집중하는 시기이기도 하다.

"학교 공부는 장래에 도움이 안 돼."

하지만 시모츠키는 샤프를 내던지고 스마트폰으로 게임을 하고 있다.

"즉 공부해 봤자 무의미하다는 거야. 그러니까 나는 말을 육성할래. 똑같이 무의미한 시간이라면 즐거운 게 낫잖아."

톡톡 화면을 터치하는 시모츠키.

이따금 고개를 흔들어 앞머리를 치우는 동작이 하도 그럴싸해서 방심하면 무심코 넋을 잃고 쳐다봤다.

문학작품이라도 읽고 있는 거라면 그림이 될 텐데 말이야.

"어?! 3%를 뚫고 트레이닝 실패?! 확률 조작이야 이거! 아앗, 컨디션 떨어지지 말라고. 훈련 미숙 걸리지 마!"

"……슬슬 공부하자."

집중하고 있는 와중에 미안하지만, 아무리 그래도 휴식 시간이 1시간인 건 좀 긴 느낌이 든다.

장소는 우리 집. 큼직한 테이블이 놓인 거실에서 마주 보고 앉아 교과서를 펼쳐놓고 있었다.

전에 약속했던 대로 며칠 전부터 시험을 대비해 공부하고 있다. 하지만 시모츠키는 상당히 변덕스러워서, 틈만 나면 스마트폰을 잡고 놀기 시작한다.

"공부는 하고 있어."

"그런 것치고 스마트폰만 보고 있는데?"

"당연하지. 강한 말을 육성하기 위해 공략 사이트를 보며 공부하고 있거든."

"그쪽 공부도 좋지만, 학교 공부도 열심히 하자."

"안 해. 나 공부 싫어!"

어린아이처럼 노골적으로 뺨을 빵빵하게 부풀린 시모츠키가 홱 고개를 돌렸다.

시모츠키는 대놓고 '공부 정도는 쉬운데요?' 같은 분위기를 내고 있지만 의외로 공부를 싫어하는 모양이다.

수업 중에 하는 쪽지 시험 같은 걸 보는 한 제대로 공부하지 않으면 낙제 점수를 받을 것 같다.

한편 나는 공부와 독서 말고는 할 게 없었던 덕분인지 성적은 중상 정도다. 가르쳐줄 수 있는 부분도 있지만…… 지금은 공부할 기분이 아닌 모양이다.

뭐, 방과 후에 매일 만나는 것도 하루 이틀이 아닌 관계로 그녀의 의욕을 끌어올릴 방법은 알고 있다.

"공부 열심히 하면 나중에 간식 먹으면서 쉬자. 오늘은 케이크가 있어."

"케이크?! 모, 몽블랑 같은 것도 있어? 아니면 쇼트케이크든 타르트든 티라미수든 뭐든 괜찮은데!"
"그건 먹을 때까지의 서프라이즈로."
얘는 욕망에 상당히 충실하다.
"따, 딱히 디저트에 낚인 건 아니거든? 간식을 주면 길들일 수 있는 강아지처럼 단순하다고 생각하지 마."
"그래, 아무렴."
"정말로? 나카야마, 나를 허술한 인간이라고 생각하는 거 아니지?"
"괜찮으니까 신경 쓰지 마."
"괜찮다니 무슨 뜻인데? 허술하다고 생각한다는 거야?! 그런 거라면 오해거든. 나 싫어하고 그러지 마, 응?"
새삼 허세를 부리지 않아도 허술한 사람인 건 안다.
오히려 완벽한 외모에서 오는 격차에 친근감을 느끼게 해준다.
물론 싫어할 리도 없다.
"어디 모르는 부분 있어?"
"……전부 다."
"그럼 처음부터 같이 풀어보자. 모르면 사양하지 말고 물어봐도 돼. 대답해줄 테니까."
"그, 그래도 돼? 미안해, 나카야마……."
"아니야. 시모츠키에게 가르쳐주면서 나도 복습하는 셈

이니까.”

“그래? 그런 거라면 다행이고. 하지만 고마워……. 나카야마는 정말 훌륭해. 내가 양심의 가책을 느끼지 않도록 그런 말을 해주고, 심지어 학습 능력이 안 좋은 꼴통이어도 버리지 않잖아. 친구로서 자랑스러워.”

그런 마을 들으니 조금 민망하다.

하지만…… 말로 하지 않아도 내 기분은 시모츠키에게 전해진다. 내 감정을 말로 잘 표현하지 못하다 보니 그게 무척 기뻤다.

“고, 고마워. 그렇게 말해주면 나도 의욕이 나. 몇 시간이든 가르쳐줄 테니까 같이 힘내자.”

“어? 아, 그럼 지금 한 말 취소. 공부 시간은 최대한 짧은 게 좋아. 아, 하지만 설렁설렁 오래 공부하는 건 왠지 친구 같아서 좋은 것 같기도 하고?”

――그런 대화를 하며 함께 공부했다.

며칠 전부터 시작된 스터디는 생각보다 충실했다. 공부를 싫어하는 시모츠키도 어쨌거나 나와 함께 노력해주고 있다.

이대로 간다면 낙제도 회피할 수 있을 것 같다.

‘아즈사도 약속한 대로 우리의 관계를 비밀로 해주고 있고……. 덕분에 류자키도 얌전하니까 시모츠키도 건강해 보여.’

최근에는 평화로운 일상을 보내고 있다.

교실에서 나와 시모츠키는 거의 대화하지 않는다. 그래서인지 류자키도 나를 향한 경계심이 약해졌다.

그 녀석과도 거의 대화하지 않게 되었다. 기껏해야 아침 인사 정도다.

일단 점심시간은 시모츠키와 함께 보는 눈이 없는 교사 뒤에서 점심을 먹지만, 류자키는 그걸 눈치채지 못한 모양이다.

전에 내가 야구부의 하나기시와 옥상에서 먹는다고 했으니, 지금도 마찬가지라고 생각하는 건지도 모른다.

"……이렇게? 저기, 나카야마. 이거 맞아?"

"오, 대단한데. 정답이야."

"진짜?! 다행이다…… 기뻐라."

칭찬해주면 시모츠키는 솔직하게 기쁨을 표현한다.

환한 미소를 지으며 몸을 까딱거리는 그녀를 보는 건 즐거웠다.

자칫 지루하다고 표현할 수도 있을 만큼 아무런 이벤트도 일어나지 않는 평온한 나날.

'이런 나날이 계속 이어지면 좋을 텐데.'

그 생각과 동시에 폭풍 전의 고요 같은 느낌도 들어서 조금 무섭기도 했다.

소설에선 큰 이벤트가 일어나기 직전일수록 정체가 발

생하는 법이니까.

아무 일도 없다면 좋겠는데.

☆

그녀가 이렇게 열심히 공부한 건 수험 이후 처음이었다.

'입학했으니까 이젠 공부하지 않아도 될 줄 알았는데.'

수학 시험지를 노려보다가 문득 진지하게 문제를 마주보고 있는 자신을 객관적으로 보고는 무심코 쓴웃음이 나왔다.

'노력하는 건 나답지 않아.'

즐거운 것만 하고 싶다.

절제, 인내, 노력, 근성 같은 정신력 만능주의를 싫어한다.

하지만 이러니저러니 해도 열심히 한 덕분에 평소보다 문제가 잘 풀리는 느낌이었다.

'아, 여기…… 나카야마가 가르쳐준 부분이다.'

수학 문제를 풀며 문득 친구를 떠올렸다.

'이러면 됐나. 좋아, 이거 나카야마에게 칭찬받을 수 있을지도?'

답안지에는 아직 공백이 남아있지만, 자기치고는 열심히 한 편이므로 아직 시간이 있는데도 그녀는 샤프를 내려놓았다.

'후우……. 좋았어. 시험이 끝나면 나카야마와 뒤풀이 파티라도 할까?'

방과 후를 망상하니 그만 얼굴이 풀어질 뻔했다.

그 정도로 시호는 코타로가 마음에 들었다.

'정말로…… 신기한 사람이야.'

최근 틈만 나면 그를 생각한다.

'왜 나카야마에게는 긴장하지 않는 걸까?'

다른 사람이 있으면 몸이 움츠러드는 건 초등학생 때부터 있던 습관이다.

예외인 코타로는 시호에게 '이질'적인 존재다.

'왜 그는 내 앞에서도 아주 평온할 수 있는 거지?'

좋게도 나쁘게도 빼어난 외모로 태어난 그녀에게 타인은 공포의 대상이 되는 일도 많았다.

이성에게서는 흑심을, 동성에게서는 질투를 받아왔다.

타고난 청각이 예민하기도 해서 감수성이 높은 시호는 타인의 악한 감정을 원치 않아도 읽어낸다. 그게 괴로워서 사람들을 피하며 살아왔지만…… 그 폐해로 이번에는 낯을 심하게 가리게 되었다.

그녀가 자연스러운 모습으로 지낼 수 있는 건 어머니와 아버지 앞에서만이었다.

하지만 코타로에게는 의도치 않게 무방비해진다.

'나카야마에게서는 위험한 소리가 전혀 안 들려.'

코타로에게서는 흑심, 악의, 욕망, 그런 종류의 기척이 없다.

그래서 자꾸만 마음이 열린다. 진짜 자신을 드러낸다. 방어라는 개념을 잊고 그저 '시모츠키 시호'가 된다.

'으음, 하지만…… 그건 역시 이상한 것 같아.'

아니, 아니다.

평화로우니까. 위험하지 않으니까. 긴장하지 않으니까——그런 이유만으로 이렇게 마음에 든다는 걸 시호는 이해할 수 없다고 단정했다.

'나카야마는 나에게…… 훨씬 더 '특별'해.'

그를 생각했기 때문인지 무의식중에 코타로 쪽으로 시선을 주고 있었다.

시호의 자리는 창가 쪽 뒤에서 두 번째고, 코타로의 자리는 복도 쪽 맨 뒷자리다.

시선을 들키지 않을 만큼은 떨어져 있는데도 코타로와 눈이 마주쳤다.

'어라? 나카야마도 다 풀었나?'

샤프를 놓고 이쪽을 보는 그는 시호의 시선에 아주 조금 표정을 풀었다.

그리고는 갑자기 입술을 움직였다.

물론 시험 시간이므로 소리는 내지 않았다. 아무에게도

들리지 않았고, 어쩌면 코타로도 전해지리라 생각하지 않았던 건지도 모른다.

하지만 청각이 예민한 시호는 흘러나오는 숨소리와 입술의 움직임을 통해 코타로가 하고 싶은 말을 읽어냈다.

'어…… '화이팅'이라고 한 거야?'

시험을 보는 중에도 계속 신경 써주고 있다.

아니, 잘 생각해 보면 코타로는 시호가 보면 바로 시선을 알아차리고 눈이 마주쳤다. 그건 즉 그가 계속 자신을 의식하고 있다고도 볼 수 있다.

'시험을 보면서도 응원해주고 있어……!'

정성스럽게 응원하며 시호의 노력이 결실을 보길 바란다.

시호는 이렇게나 다른 사람을 우선해주는 사람은 여태껏 몰랐다.

'으으, 나카야마는 역시 이상해.'

문득 뺨이 뜨거워지는 걸 자각했다.

'바보야. 기습적으로 그런 기쁜 짓은 하지 말라고……. 쑤, 쑥스럽잖아!'

속으로 투덜거리면서도 코타로를 계속 쳐다볼 수 없어서 고개를 숙였다.

그 탓에 다시 답안지와 마주 보게 되었다.

그리고 이번에는 공백이 왠지 너무 신경 쓰여서, 그녀는 샤프를 한 번 더 쥐었다.

'……조금만 더 열심히 해볼까.'

코타로의 응원이 시호의 등을 밀어준다.

지금까지 계속, 아무것도 하고 싶지 않았다.

어차피 타인과는 제대로 교류할 수도 없고, 노력해봤자 무의미하다고 느꼈기 때문이다.

하지만 지금은 다르다.

코타로가 칭찬해준다. 인정해준다. 관심이 있다. 놀아준다. 같이 있고 시호를 위해준다.

그래서 그녀는 자꾸만 노력하게 된다.

'기왕이면 엄청난 점수를 받아서 나카야마를 깜짝 놀라게 해야지!'

내심 그가 놀라는 얼굴을 상상하며 한층 의욕을 불태웠다.

결국 시호는 시간을 모조리 쏟아서 문제를 풀었다.

그 성과도 있었던 건지 시험 점수는——코타로의 예상을 훌륭하게 초월했다.

'72점?! 우, 우와! 역시 나는 하면 잘하잖아!'

며칠 뒤 돌려받은 답안지에는 평균 점수보다 조금 높은 점수가 적혀 있었다.

그 점수를 보자 시호는 참을 수가 없었다.

일단 학교에서는 코타로와 최대한 대화하지 않기로 약

속했다.

하지만 그런 건 완전히 잊어버리고, 아무튼 보여주고 싶다는 충동이 치밀었다.

답안지를 받은 뒤 쉬는 시간이 되자마자 그녀는 코타로의 자리로 향했다.

인기척이 있으니 역시나 큰 목소리를 내지는 못했다. 그래서 코타로의 바로 뒤로 다가가 작은 목소리로 말을 걸었다.

"나카야마, 이쪽 봐."

톡톡 어깨를 가볍게 두드렸다.

그러자 코타로는 예상하지 못했던 건지 놀란 얼굴로 이쪽을 돌아보았다.

시호는 바로 답안지를 들이밀었다.

"시, 시모츠키? 학교에서는 최대한 말을 안 하는 게…… 어, 72점?!"

처음에는 충고하려고 했던 것 같다.

하지만 시호의 점수에 코타로도 깜짝 놀란 듯 눈이 휘둥그레졌다.

덕분에 약속한 것도 머릿속에서 날아간 모양이다.

"축하해. 굉장하잖아! 영락없이 낙제일 줄 알았는데."

"그, 그렇게 바보는 아니거든! 하지만 나도 놀랐어."

"응, 열심히 했구나."

코타로가 웃으면서 칭찬해준다.

덩달아 시호도 웃었다.

"아하하."

무의식중에 손을 들어 머리를 만졌다. 최근 코타로와 대화할 때의 습관이다.

칭찬을 받으면 자꾸만 머리가 근질거린다.

'쓰다듬어줬으면 좋겠는데—— 아니, 그런 부끄러운 부탁은 못 하지…….'

마음속에서 코타로의 존재가 점점 커진다.

칭찬을 듣는 것만으로는 부족하다고 느낀다.

그 정도로 시호에게 코타로는 '특별'하다.

'하지만 언젠가……!'

코타로와 더 많이 친해진 미래를 망상했다.

그런 미래가 빨리 오길 바라며 애가 탈 만큼 시호는 코타로에게 빠져있었다.

시간이 지날수록 두 사람의 관계도 깊어진다.

하지만 그건 스토리가 진행된다는 것과 같은 의미이기도 하다는 걸 잊어서는 안 된다.

코타로도 시호도 그의 존재가 머릿속에서 빠져있었다.

이 스토리는 누구의 것인지.

단역 주제에 주인공을 제쳐놓고 메인 히로인과 친해지는 금기와 그 대가를…… 두 사람은 맛보게 된다.

평화로운 파트도 슬슬 끝나려 하고 있었다.

◆

웬일로 교실에서 시모츠키가 말을 걸었다 했더니, 수학 시험에서 굉장한 점수를 받았다. 반 평균이 딱 70점이었는데 그거보다 2점이 더 높았다.

"돌아가면 파티하자. 무려 72점인걸!"

작은 목소리이긴 했지만, 시모츠키도 신이 난 모양이었다.

지금만큼은 주변의 시선도 평소보다 신경을 안 쓰는 것처럼 보였다.

"나는 정말 하면 되는 애였어……. 그래, 엄마에게도 자랑해야지! 잠깐 전화하고 올게!"

그렇게 말하며 시모츠키는 교실을 나섰다.

오늘 남은 수업은 앞으로 하나뿐. 방과 후는 금방이다.

'으음, 먼저 집에 돌아간 뒤 가방을 두고 슈퍼에 가서…… 응? 어라?'

머릿속으로 일정을 짜 맞추고 있을 때 문득 교실이 쥐 죽은 듯 고요하다는 걸 깨달았다.

짧다고는 해도 지금은 쉬는 시간. 평소에는 시끌시끌한데 다들 움직임을 멈추고 이쪽을 보고 있다.

눈에 띄지 않는 내가 주목받는 일은 거의 없기 때문에 그 시선이 유독 마음에 걸렸다.

왠지 불길한 예감이 든다.

그런 생각을 하던 때, 앞자리에 앉은 하나기시가 이쪽을 돌아보고 말을 걸었다.

"나카야마……. 너 언제 시모츠키와 친해진 거야?"

그 말에 간신히 깨달았다.

'――망했다. 나와 시모츠키가 대화하는 바람에 눈에 띈 건가?!'

우려하던 바이긴 했다.

나처럼 수수한 남학생이 시모츠키 같은 절벽 위의 꽃과 대화하는 건 역시 부자연스러웠던 거다.

들떠 있었다. 그게 머릿속에서 날아가 있었다.

"되게 친해 보이던데, 대체 무슨 사이인 거야?"

아마 하나기시의 질문은 다른 아이들의 마음을 대변하고 있다.

다들 나와 시모츠키의 관계에 당황하고 있다.

"아니, 그냥…… 평범한데."

"평범하다고? 그럴 리가. 평소엔 무표정한 시모츠키가 웃었는데?"

역시 보고 있었다.

심지어 나와 시모츠키의 관계는 주변에서 봐도 상당히

이질적인 느낌이었던 모양이다.

"저렇게 예쁜 애랑 가까워지다니 나카야마도 제법이잖아. 좋겠다, 나도 언젠가 저런 사람과 사귀고 싶어."

"사귀는 건 아니야."

"그래? 흐음, 그럼 착각이구나. 미안해."

하나기시는 담백한 성격이다.

그래서 내가 별로 이야기하고 싶어 하지 않는 걸 알아차리고 바로 화제를 멈춰주었다.

그건 무척 고맙다. 하지만…… 경계해야 하는 사람은 따로 있다.

'류자키도 봤겠지?'

쭈뼛쭈뼛 그 녀석의 자리로 시선을 던졌다.

운이 좋다면 보지 못했을지도 모른다. 그런 희박한 가능성에 걸었다.

'――그럴 리 없나.'

실낱같은 기대는 이쪽을 노려보는 류자키를 보고 바로 날아갔다.

평소에는 둔감하게 구는 류자키지만 이렇게 눈에 띄었는데 눈치채지 못할 리가 없다.

◆

수업이 끝나자 시모츠키는 바로 나에게 왔다.
조금 전과 마찬가지로 시모츠키는 내 귓가로 얼굴을 가져가 작은 목소리로 말을 걸었다.
"나카야마, 오늘은 집에 들러서 엄마에게 용돈 받고 갈게. 높은 점수를 받았으니까 많이 졸라야지."
시모츠키는 아직 들떠있는 모양이었다. 그건 훈훈했지만, 진심으로 웃을 수 없는 건 류자키가 마음에 걸리기 때문이겠지.
"어라? 나카야마, 뭘 그렇게 걱정하는 거야?"
그리고 감수성이 예리한 시모츠키는 내 이변에도 눈치챘다.
다만 무슨 고민을 하는 건지는 모르는 모양이었다.
"아, 혹시…… 내가 제대로 버스를 탈 수 있을지 신경 쓰는 거야? 괜찮아, 나는 수학에서 72점을 받은 천재라고. 버스 타는 법쯤은 당연히 알지."
조금 엉뚱한 소리를 하며 가슴을 폈다.
물론 그건 걱정하지 않는…… 것도 아니지만, 더 큰 불안이 있으니 버스는 그녀의 말을 믿기로 하자.
"그럼 나카야마 집에서 만나자. 이따 봐!"
시모츠키는 손을 흔든 뒤 빠르게 교실을 떠나갔다.
신이 난 건지 발걸음이 가볍다. 날개라도 돋아난 것 같다.
반면 내 몸은 납덩어리처럼 무겁다.

이 직후에 일어날 일을 생각하며 우울해졌기 때문이다.

"나카가와, 잠깐 시간 돼?"

역시나. 슬슬 올 줄 알았다.

쉬는 시간은 시간이 짧았던 덕분인지 눈감아주었지만 바로 집에 돌아가게 해주지 않을 모양이다.

'일단 연기는 해 놓을까.'

이미 얼버무릴 수 있을 것 같지 않지만, 작은 가능성을 믿고 내 의식을 '들러리용 엑스트라'로 전환했다.

——딸깍.

머릿속에서 스위치를 누른다. 그러자 평소의 나는 사라졌다.

"가, 갑자기 왜 그래? 표정이 무서운데…… 무, 무슨 일 있었어?!"

"그래, 무슨 일이 있었나 봐……. 내가 모르는 곳에서 무슨 일이 일어났던 거야. 그걸 너는 잘 이용해서 시호와 친해진 거지?"

……역시 경계하고 있다.

나와 시모츠키의 관계를 목격한 류자키는 분노를 드러내고 있었다.

"잠깐 따라와. 여기는 사람이 너무 많으니까…… 남자끼리 대화 좀 하자고."

나에게 선택권은 없는 모양이다. 일방적으로 선언한 뒤

류자키는 거친 발걸음으로 교실에서 나갔다.

"뭐야, 류자키. 갑자기 왜 그래? 진정하라고……. 아, 혹시 시험 점수가 나빴어?! 중간고사 정도는 딱히 신경 안 써도 괜찮잖아!"

"그런 건 아무래도 상관없으니까 조용히 따라와."

"어, 어어, 응. 뭔가 미안……. 화났어? 너무 겁주지 마. 나는 진지한 분위기나 그런 건 불편하다고~."

캐릭터에 맞춰서 태평한 소리를 늘어놓으며 따라가자 사용하지 않는 빈 교실에 도착했다. 창고처럼 이용하고 있는 건지 안에는 남는 책상과 의자 등 다양한 비품이 아무렇게나 놓여있었다.

"들어가. 아무도 없으니까 여기서라면 솔직하게 대화할 수 있어."

"쿰쿰하네. 밖에서 하는 게 낫지 않아?"

"아무튼 들어가."

——엑스트라에게 거부권이 있을 것 같냐?

그런 말이 들리는 듯한 위압감에 입꼬리가 올라갔다.

'역시 이 녀석은 나를 동등하게 보지 않는 거야.'

뭐, 그렇게 생각한다고 해서 이제 와서 화내진 않지만.

"어쩔 수 없네. 짧게 해줘. 시험 보느라 지쳤단 말이야."

"그럼 단도직입적으로 물어볼게. 시호에게 무슨 짓을 했어?"

자, 어떻게 대답하는 게 적절할까……. 이렇게 된 거 최대한 온건하게 가고 싶다.

"무슨 짓을 했냐니…… 시험 점수를 물어봤어. 그랬더니 시모츠키는 높은 점수를 받아서 기분이 좋았나 봐. 가르쳐 주던데."

우연을 가장했다.

나 정도의 인간이 그녀와 대화했던 건 단순한 기적이라고 설명해보았다.

"평소에는 말을 걸어도 무시당하는데…… 운이 좋았지!"

"――속이려 들지 마."

다만 류자키는 지난번처럼 쉽지 않았다.

"우연히 말을 걸었을 뿐이라면 왜 시호가 웃었는데?"

"뭐? 그거야…… 시험을 잘 보면 누구나 웃지 않아?"

"그 정도로? 말도 안 돼."

시모츠키가 웃은 건 내 설명으로는 수긍할 수 없을 정도로 대단한 일인 모양이다.

"그 애는 감정을 표현하는 게 서툴러. 마음을 연 상대에게만 웃지……. 나한테도 처음 만났을 때 한 번 웃어준 게 다야. 하지만 나에게만은 웃어주었어. 소꿉친구이자 특별한 나니까…… 그런데 너를 보면서 웃다니, 그런 건 보통 일이 아니라고!"

류자키에게 나카야마 코타로는 대등한 존재가 아니다.

그러니까 이런 말을 할 수 있는 거다.

『나한테 해준 것처럼 너에게 웃어준다는 건 말이 안 돼.』

나 참, 이 녀석은 정말로…… 뼛속까지 주인공님이시다.

자기가 시모츠키의 특별한 사람이라고 믿어 의심치 않는다.

"즉…… 나카가와, 네 노력은 성공한 거야. 시호는 확실히 쌀쌀맞았을지도 모르지. 하지만 계속 말을 거는 너를 그 애는 믿기 시작했어."

"어? 그, 그럴 리가 없잖아! 류자키가 보지 않을 때는 무시당하기만 했는데?"

"나는 시호의 소꿉친구야. 그 애를 누구보다 이해하고 있어."

"그렇게 서로를 잘 아는 거야?!"

하아……. 나답지 않게 과도한 리액션을 계속하고 있자니 굉장히 피곤하다.

하지만 드디어 대화의 전체 맥락이 보이기 시작했다.

'류자키는 나를 인정한――건가?'

말하는 내용만 보면 류자키는 나를 규탄하는 느낌은 아니다.

영락없이 지난번처럼 분노를 부딪칠 줄 알았는데.

"그럼 왜 화난 거야? 무서우니까 좀 살살 말해줘……."

"딱히 너한테 화가 난 건 아니야. 나는…… 나 자신에게 화가 났어.”

그 대답을 들은 순간——등이 얼어붙었다.

‘큰일이다.’

어쩌면 그건 엑스트라이기 때문에 감지할 수 있었던 건지도 모른다.

‘류자키가 각오했어.’

위협을 느꼈다.

평소 류자키는 온화하고, 얼핏 지극히 평범한 남학생으로 보인다. 하지만 지금 이 녀석에게서는 마치 시모츠키 같은 ‘특별함’이 느껴졌다.

“지금까지 나는 방심했어. 시호는 나만 이해할 수 있는 여자아이라고 생각했지. 얼굴은 예쁘지만, 성격이 까다로우니까……. 그 아이는 아무에게도 마음을 열지 않을 줄 알았어.”

류자키 료마는 조용히 말했다.

그 잔잔한 어조가 반대로 으스스했다.

“하지만 소꿉친구인 나만큼은 누구보다도 특별하다고 생각했어. 다른 사람에 비하면 느리긴 하지만 그래도 착실하게 시호와 관계를 다져갈 수 있을 거라며 지금까지 그 아이에겐 크게 간섭하지 않았지. 하지만 그건 실수였던 거야.”

“무, 무슨 소리야……? 딱히 류자키가 실수한 건 없잖아? 소꿉친구니까 나보다 시모츠키와 친한 거 맞고!”

그냥 계속 착각해라.

네 생각이 옳다고 믿어.

그렇지 않으면…… 곤란하다고.

간절히 기도하며 류자키를 긍정하는 말을 늘어놓았다.

하지만 류자키는 그 감언이설에 코웃음을 쳤다.

"하하. 너도 그렇게 생각했어? 나카가와, 하지만 그건 틀렸어……. 너를 보고 깨달았지. 나는 소꿉친구라는 포지션에 안주했던 것뿐, 아무런 노력도 하지 않았어. 그래서 지금 나카가와에게 밀린 거야."

"밀렸다고? 나에게? 그, 그럴 리가……."

"'그럴 리가 없다'는 말은 하지 마. 교활하게 패배자인 척하지도 말고. 나를 방심하게 해서 그 틈에 시호와 더 친해지려는 거지? 비겁하다고는 안 하지만 제법이잖아? 나카가와. 나는 너를 얕봤어."

틀렸다. 류자키는 이젠 눈을 가리고 있지 않을 모양이다.

'젠장. 하렘 주인공의 일상 파트는 이제 끝인 건가…….'

주인공이라는 생물은 곤경이 닥쳤을 때 각성한다. 그 준비단계가 지금인 셈이다.

여기서부터 류자키 료마는 진정한 주인공으로 변모한다.

하위의 존재던 나를 인정하고 자신의 나약함과 마주 보며 받아들인다.

"이제 '소꿉친구'라는 관계로 만족하는 건 끝이야. 한 명의 남자로서 시호에게 다가가겠어. 물론 '진심'으로. 나카가와…… 나도 시호를 좋아해."

——기어이 말하고 말았다.

지금까지 모호하게 남겨두었던 감정을 류자키 료마라는 주인공이 입 밖으로 냈다.

"지금부터 너는 친구가 아니야——적이다."

명확한 적대 의지까지 선고당했으니 들러리를 연기해도 무의미했다.

"아, 아니, 적이라니……."

"시치미 떼도 소용없어. 너는 틀림없는 적…… 아니, 조금 다르지. 적이라고 쓰고 라이벌이라고 읽는 관계인 건지도 몰라."

그렇게 말하며 류자키는 나에게 손을 내밀었다.

두 번째 악수는 나에게 선택권을 주지도 않고 강제로 붙잡혔다.

물론 전보다 더 세게.

류자키는 자칫 아플 정도로 내 손을 강하게 움켜쥐었다.

"……응? 너 이름, '나카가와'가 아니었구나."

악수할 수 있을 만큼 접근했기 때문인지 가슴에 자수한 이름이 시야에 들어간 모양이었다. 류자키는 그제야 내 이름을 잘못 기억했다는 걸 깨달은 듯했다.

"나카가와가 아니라 '나카야마'구나. 그래, 기억했어…….

이번에야말로 똑똑히."

이때 처음으로 나는 류자키 료마에게 진정한 의미로 인상되고 말았다.

◆

스토리가 가속된다.

이제부터 나 같은 엑스트라 캐릭터는 따라잡을 수 없는 속도로 빠르게 상황이 바뀔 것이다.

아니, 현재진행형으로 이미 스토리가 진행되기 시작했다.

"……그러고 보면."

빈 교실에서 류자키와 악수한 뒤.

일방적으로 할 말을 마치고 후련해진 건지 아무 말도 없이 돌아가려던 류자키였지만, 문득 무언가를 떠올렸다는 듯 멈춰 섰다.

"다음 주에 숙박 학습이 있다던데."

우리가 다니는 유키노시로 고등학교에는 1학년 때 숙박 학습이라는 걸 한다.

6월 상순. 입학하고 두 달이 지난 이 시기에 중간고사를 마친 학생들에게 주는 포상으로 매년 있는 학사일정이 되었다고 한다.

"나카야마, 같은 그룹에 들어와. 물론 시호도 같이."

……그래, 그렇게 나온단 말이지.

"누가 시호에게 선택받을지 숙박 학습에서 자웅을 가리자고."

"즉 시모츠키에게 고백한다는 거야?"

"그래."

자신만만한 태도로 고개를 끄덕이는 류자키.

'고백받을 사람이 어떤 생각을 할지는 상관없는 거구나.'

정정당당한 고백이라면 시모츠키가 받아줄 거라고 믿고 있는 거다.

『내가 고백하는데 기뻐하지 않는 여자는 없어.』

류자키가 그렇게 말하는 것처럼 보이기도 해서 어쩐지 무서웠다.

만약 시모츠키가 류자키에게 고백받으면——그 미래를 상상해보자 역시 몸이 떨릴 것 같았다.

대전제로, 시모츠키는 류자키를 불편해한다.

따라서 류자키의 마음을 받아들일 일은 없다.

고백받으면 거절하고 끝이다.

단, 커다란 문제가 있다.

그건 시모츠키의 '낯가림'이 심각한 수준이라는 점이다.

'그녀가 자기 마음을 제대로 말할 수 있나?'

류자키는 분명 차이면 그 이유를 물어볼 것이다. 그 녀석은 그렇게 쉽게 포기할 만한 남자가 아니다.

왜냐하면 주인공으로 태어난 인간이니까.

포기할 줄 모르는 근성이 보장된 셈이다.

그야말로 '차인 건 시호가 나를 아직 잘 몰라서 그래!'라고 판단하고 시모츠키에게 더 들이댈지도 모른다.

그렇게 되는 게 무서워서 지금까지 들러리를 연기했는데.

'방심했어……. 젠장, 내 실수야.'

인식되고 말았다.

적으로 인정받고 말았다.

그 위기감이 류자키 료마를 주인공으로서 성장시켰다.

'내가 어떻게든 해야 해.'

나처럼 아무것도 없는 심심한 인간과 친구가 되어줘서 기뻤다.

고마웠다. 은혜도 느낀다. 대신 무언가 보답하고 싶지만, 나에게는 아무것도 없으니까 하다못해 시모츠키에게 폐를 끼치고 싶지 않았다.

'더 경계했다면……. 교실에선 대화하지 않는다는 룰을 철저히 지켰다면…….'

아니, 후회해도 늦었다.

지금은 아무튼 류자키의 스토리를 저지해야 한다.

"……왜 그래? 갑자기 멍해지고."

류자키도 갑자기 생각에 잠긴 나를 보고 당황했다. 캐릭터에 안 어울리는 짓을 했기 때문인 모양이다.

"아, 아니, 놀랐어. 고백이라니, 그렇게 갑자기."

어떻게든 얼버무리면서도 머리를 굴렸다.

그래서일까.

지금의 나는 평소보다 상태가 이상했다.

"고백이라니…… 아니, 아직 이르다고. 지금은 아직, 조금 더…… 시간을 들여서 제대로 친해진 뒤가 아니면 의미가 없다고 해야 하나."

침착한 상태였다면 더 잘 대처할 수 있었을 텐데.

『좀 봐주라~. 류자키가 진심으로 나오면 승산이 하나도 없다고! 살살 해주라! 제발!』

이런 식으로 한심한 소릴 하며 넙죽 머리라도 숙였다면 류자키는 조금 더 나를 얕봤을지도 모른다. 하지만 지금 발언에는 내 진심도 조금 섞여 있다 보니 그게 오히려 경계를 사는 요소가 되고 말았다.

"아직 이르다? 제대로 친해진 뒤에? 하하, 그래……. 조금 더 시간을 들이면 '계속 같이 있었다'는 내 우세가 약해지니까, 그러니까 지금인 거야."

머리가 둔해진 나와는 대조적으로 류자키는 날카로운 모양이었다.

약점을 찔리고 말았다.

논리적으로 타당한 말에 반론할 수가 없다.

'——반론할 수 없다고? 아니, 잠깐만! 지금 물러서면 돌

이길 수 없어! 포기하지 말자. 왜 나는 자신을 설득했지?'

내 독백은 너무나도 고분고분했다.

왠지 그게 류자키에게 유리하도록 굴러가는 듯한 느낌이 들었다.

아니, 애초에…… 비굴하다고 해도 될 정도로 신중하고 겁이 많던 내가 방심하다니 너무 이상하다.

나카야마 코타로답지 않은 실수는 류자키 료마라는 주인공의 등을 밀어주는 '편의주의'로 인해 발생했다——그렇게 설명하면 수긍이 갈 정도로 부자연스러웠다.

그 생각과 동시에 말로 할 수 없는 '강제력'을 느꼈다.

'막는 건 불가능해.'

시모츠키 덕분에 얌전히 물러나 있던 부정적 사고방식이 다시 고개를 쳐들었다.

"엑스트라' 따위로는 어떻게 할 수 없어.'

무슨 말을 해도, 어떤 행동을 해도 지금의 나에게는 아무것도 바꿀 수 없다.

왜냐하면 이미 류자키에게 유리한 방향으로만 움직일 수 있으니까.

그런 생각이 드는 바람에…… 저항하려는 의사가 픽 사라져버렸다.

"어…… 하지만."

다음 말을 찾아도 아무것도 떠오르지 않았다.

머릿속에 안개가 펼쳐지며 새하얗게 되고 말았다.

"더는 안 속아, 나카야마. 나는 너를 인정했어. 이제는 봐주지 않을 거야. 나도 진심으로 시호와 마주 보겠어. 그러니까 너도 정정당당하게 나와. 이 이상 치졸하게 수 쓰지 말고."

내 변명 같은 말을 단호하게 쳐내는 류자키.

이 이상 대화할 필요는 없다고 판단한 건지 이번에야말로 빈 교실에서 나갔다.

아무 말도 하지 못한 채 떠나가는 뒷모습을 바라보는 건 이걸로 두 번째다.

그리고 그 등은 첫 번째 때보다 더 크고 멀었다.

"아무것도, 못 했어……."

분수를 깨달은 느낌이다.

역시 나는 엑스트라나.

주인공에게 편리하게만 움직일 수 있는, 스토리의 노예였다.

◆

시모츠키를 볼 낯이 없다.

류자키에 대해 뭐라고 말해야 할지 알 수 없었다.

더 좋은 길이 있었을 텐데, 그걸 고르지 못한 게 너무 한심했다.

실망했다. 누구보다도 내가…… 나 자신에게 신물이 났다.

『오빠는 이상적인 오빠가 아닌 걸까. 아즈사가 찾던 진짜 오빠는…… 료마 오빠인 건지도 몰라.』

『류 군은 내 운명의 사람인 건지도 몰라. 코 군과 같이 있을 때보다 더 두근거리니까.』

『코타로 씨에겐 이제 제가 필요 없어요. 하지만 료마 씨에게는…… 저 같은 사람이 필요해요.』

고등학교 입학식. 류자키 료마와 만난 뒤 아즈사, 키라리, 유즈키가 그렇게 말했다.

심지어 같은 날이었다. 유난히 선명하게 기억나서 한 마디 한 마디 다 떠올릴 수 있다.

'그때처럼…… 또 소원해지려나.'

모처럼 친구가 되었는데.

시모츠키도 한심한 나에게 실망하는 게 아닌지 무서웠다.

그런 어두운 생각을 했기 때문이겠지.

방과 후에 뭘 하기로 했는지 완전히 잊어버리고 말았다.

"——아, 나카야마! 드디어 돌아왔다."

버스에서 내려 집에 돌아오자 현관 앞에 시모츠키가 서 있었다. 나를 향해 손을 붕붕 흔들고 있다.

'맞아……. 그러고 보면 오늘은 파티하기로 했지. 제대로

정신 차려야지.'

열심히 공부한 시모츠키를 축하할 때 정도는 어두운 표정을 지으면 안 된다.

그런 생각에 나는 바로 미소 지었다.

"미안해, 일이 좀 있어서 늦어졌어."

"나카야마도 참……. 모처럼 '수학에서 72점이나 받은 시호는 천재입니다 파티'를 개최하는데 지각이라니 용서 못 해. 나한테 쓰다듬기를 받으면서 얼굴이 새빨개진다는 벌을——어라?"

기분 좋은 듯 목소리가 들떠있던 시모츠키.

하지만 말하던 도중 그녀는 입술을 삐죽이면서 고개를 갸웃거렸다.

"어? 왠지 이상한 소리가 나……. 듣는 내가 다 눈물이 나올 것처럼 슬픈 소리야."

그리고는 작은 귀를 움찔움찔 움직이며 나에게 다가왔다.

닿지는 않았지만 거리가 고작 몇 cm 정도다.

"또 내가 없는 곳에서 우울해진 거야?"

"——어?"

들켰다.

신이 나서 흥분해있었는데, 거리를 좁힌 것만으로도 시모츠키는 내 상태를 파악한 모양이다.

"정말이지, 나쁜 아이구나."

조용히, 그러면서도 어쩔 수 없다는 듯이 어깨를 으쓱했다.
"숙여."
"……왜, 왜?"
"아무튼 숙여."
"어, 응. 알았어."
완강한 태도였기 때문에 얌전히 시키는 대로 숙이자 시모츠키는 내 머리를 콩 때렸다.
물론 아프지는 않다. 하지만 그 충격은 유독 크게 울린 느낌이었다.
"바보야. 나한테 뭘 숨기려고 하다니 건방지게……. 반성해. 그리고 안심해도 돼. 무슨 일이 있는지는 모르지만 나는 네 편이니까."
——아직 아무 말도 안 했는데.
이미 시모츠키는 내가 가장 듣고 싶어 하는 말을 해주었다.
"…………."
멍해졌다.
동시에 불현듯 눈물이 날 것 같아서 숨이 막혔다.
어째서 이 애는 말수가 부족한 내 마음을 이해하고 다가와 주는 걸까?
그 친절함이 비굴해졌던 마음을 달래준다.

"파티는 다음에 해야겠다……. 우선 안으로 들어가자. 무슨 일이 있었는지 들려줘. 나카야마의 괴로움을 내가 반 나눠 들어줄게."

그녀는 부드럽게 웃으며 이렇게 말했다.

"친구잖아. 사양하지 않아도 돼."

타이르듯이.

혹은 혼내듯이 하는 말에 자꾸만 표정이 풀어진다.

시모츠키는 역시 은인이다.

항상…… 이 애는 내가 괴로워하고 있을 때 손을 내밀어 준다.

◆

집에 들어가 거실 소파에 앉았다.

나는 조금 전에 일어난 일을 이야기했다.

"시모츠키가 먼저 돌아간 후에 류자키가 찾아왔었어. 그…… 다음 주에 숙박 학습하잖아. 그때……."

『류자키가 시모츠키에게 고백하려고 해.』

그걸 정말로 알려줘도 되는 건지 아직 망설임이 있었다. 그녀에게 불편한 상태인 류자키의 고백이니…… 동요해도 이상하지 않다.

그렇게 생각했었는데.

"으음…… 혹시 류자키가 나한테 고백하려는 거야?"

놀랍게도 시모츠키는 내 말을 예상했다.

"어, 어째서 그렇게 생각했어?"

"그야 나카야마가 굉장히 말하기 어려워하는 일이자 류자키가 나에게 하려는 일이라면 고백 정도밖에 없지……. 나카야마도 참, 너무 놀라잖아?"

그리고 상상 이상으로 담백한 반응이 돌아왔다.

"아, 설마 내가 울면서 무서워할 줄 알았어? 바보 같기는, 나는 그렇게 여리고 섬세한 소녀가 아니라고. 오히려 나카야마가 생각하는 것보다…… 그런 거에 익숙해. 왜냐하면."

그녀는 자신의 귀를 살짝 잡았다.

"귀가 좋으니까, 반 남자애들이 나에게 관심이 있다는 것도 대충 들려. 물론 류자키의 감정도 눈치채고 있지. ……내가 그 사람처럼 둔감하다고 생각하지 마."

그 말은 평소보다 더 온도가 느껴지지 않았다.

포기한 듯한, 지친 듯한, 그러면서도 지긋지긋하다는 듯한 감정을 머금은 말은 시모츠키답지 않다는 느낌이 들었다.

"옛날부터 내내 그랬어. 조금 재수 없게 들릴지도 모르지만…… 흑심만 넘치도록 받았지. 그게 가장 강한 게 류자키야. 그래서 언젠가 고백받는 것도 각오했었어."

"그랬구나……."

나는 그녀를 조금 얕잡아봤던 건지도 모른다.

그런 내가 어쩐지 부끄러웠다.

"미안해. 시모츠키가 류자키와 엮이면 불행해질 것 같아서 지키려고 했는데, 그러지 못했다고 좌절했었어."

솔직하게 말하자 시모츠키가 이번에는 기쁘다는 듯이 웃어주었다.

"그래? 날 위해서 노력하다 좌절한 거였다니, 나카야마는 그렇게 나를 소중히 여겨주는구나. 그건 아주 기뻐."

역시 말로 하지 않아도 시모츠키는 나를 알아준다.

"걱정해줘서 고마워. 하지만 괜찮아……. 언젠가는 마주 볼 필요가 있다고 생각했었어. 도망치는 것도 한계가 있지."

그러더니 시모츠키는 자신을 다독이듯 주먹을 쥐었다.

"고백받아도 하고 싶은 말을 똑바로 할 수 있도록 노력할 거야. 그렇지 않으면 언제까지나 나카야마에게 걱정 끼칠 테니까."

"뭔가 도와줄 건 있어? 내가 할 수 있는 일은 하고 싶어."

친구로서. 은인으로서. 해줄 수 있는 건 뭐든 해주고 싶었다.

"그럼…… 곁에 있어 줘."

하지만 시모츠키가 원하는 건 나에게는 당연한 것뿐이

었다.

"그런 걸로 돼?"

"'그런 거'니까 좋은 거야. 나카야마가 옆에 있으면 안심되거든……. 나에게는 그것만으로도 충분해."

——이렇게 기쁜 말을 해주는 사람은 세상에 이 애뿐이다.

불현듯 그런 생각이 들어서 가슴이 따뜻해졌다.

류자키의 주인공 파워를 목격하고 비굴한 내가 나와버렸지만…… 시모츠키 덕분에 어떻게든 그나마 나은 나를 되찾았다.

머리도 조금 맑아진 기분이었다.

"숙박 학습, 류자키와 나는 같은 그룹이 될 것 같고…… 시모츠키도 넣으려고 할 텐데, 괜찮아?"

"그래? 그럼 어쩔 수 없지……. 하지만 역시 내키지는 않네. 평소엔 이런 행사는 안 가고 빠지거든."

"……굳이 따지면 안 가는 게 가장 안전하지."

"하지만 그러면 나카야마와도 추억을 만들 수 없잖아?"

"응, 나도…… 시모츠키가 같이 가 주면 기뻐."

드디어 평소처럼 대화할 수 있게 되었다.

숙박 학습은 걱정되지만 무서워하며 도망치기만 해선 아무것도 해결할 수 없다.

확실히 나는 엑스트라니까 할 수 있는 일은 한정적이다.

그래도, 그런 나라도 시모츠키 곁에 있는 건 가능하다.

그걸 제대로 완수하자.

"류자키가 어떻게 나올지 좀 불안하지만…… 그 이상으로 나카야마와 같이 숙박 학습에 가는 걸 기대할게."

그리고 이번에는 내 손을 꼭 붙잡았다.

'……따뜻해.'

그 열이 마음의 온도를 올려주듯이 불현듯 두근거렸다.

이 감정은 이전에 아즈사나 키라리, 유즈키에게 느끼던 것과는 또 다른 느낌인 것 같다.

역시 나에게 시모츠키는 특별한 사람인 건지도 모른다.

◆

이리하여 기승전결의 '전(轉)'을 맞았다.

여기서부터 스토리는 단숨에 클라이맥스로 달려갈 것이다.

어쩌면 엑스트라인 나에겐 이제 역할이 없을지도 모른다. 단순한 방관자에 불과할지도 모르지만, 그래도 괜찮다.

이건 그런 이야기.

엑스트라가 화자인, 류자키 료마의 러브 코미디니까.

제5화
서브 히로인의 숙명

6월 상순. 한창 장마 기간임에도 이날은 쾌청했다.

구름 한 점 없는 파란 하늘이 끝없이 펼쳐져 있다. 홀로 우두커니 떠 있는 태양이 하늘을 독점하고 있는 것처럼 보인다.

"더워……. 해님도 참 의욕이 너무 넘치는 거 아니야? 나는 더 얌전한 성격이 좋은데. 정말 너무 더워서 싫어."

교정 한구석. 시모츠키는 나무 그늘에서 질린다는 듯 쪼그려 앉아있다.

"봐, 나는 피부가 약하잖아? 해를 받으면 금방 화상 입은 것처럼 새빨개져. 나 원, 엄마에게 밀짚모자를 빌려오지 않았다면 지금쯤 흡혈귀처럼 타버렸을지도 몰라."

투덜거리면서 밀짚모자에 손을 대는 시모츠키.

그런 그녀를 바라보고 있으니 왠지 신기한 기분이 들었다.

'이렇게 밀짚모자가 잘 어울리는 사람이 있구나…….'

고운 은발이 가려지는 건 아까운 느낌도 들지만, 시모츠키의 앳된 성격과 밀짚모자는 잘 어울리는 듯한 느낌이 들었다.

"밀짚모자 좋네."

솔직하게 생각한 걸 말하자 시모츠키는 기쁘다는 듯 표

정이 풀어졌다.

"하긴 엄마도 내 밀짚모자 모습을 칭찬해주더라. '이렇게 밀짚모자가 잘 어울리는 건 해적왕이 되고 싶은 선장과 시호 정도일 거야.'랬어!"

요즘 시모츠키는 학교에서도 웃음이 늘어난 느낌이 든다.

그건 기쁘지만…… 동시에 불안하기도 했다.

'류자키의 시선이 따가워…….'

녀석은 조금 떨어진 곳에서 이쪽을 노려보고 있었다. 무시하고 싶어도 의식할 수밖에 없었다.

선전포고로부터 사흘이 지났지만, 아직 류자키는 두드러진 행동을 보이지 않았다.

고백을 앞두고 긴장……했을 리는 없고, 아마 숙박 학습에 승부를 걸려는 거겠지.

"그나저나 선생님들 언제 와……. 빨리 에어컨 빵빵한 버스에 타고 싶은데."

시모츠키가 신물이 난 어조로 투덜거렸다. 아마 여기 있는 다른 학생들도 비슷한 생각일 거다.

이제부터 우리는 숙박 학습을 떠난다.

장소는 학교에서 버스로 2시간 정도 떨어진 자연공원.

지금은 교정에서 선생님들이 도착하길 기다리는 시간이었다.

다만 덥기 때문에 나와 시모츠키는 다른 아이들에게서

조금 떨어진 나무 아래에서 쉬고 있다. 그 탓에 툭 튀어나온 상태라서 조금 눈에 띄었다.

사람들이 쳐다보는 건 불편하다.

예전이었다면 그런 시선을 누구보다 신경 썼던 건 시모츠키였는데.

"나카야마, 버스 자리 자유면 같이 앉자. 안 그러면 이럴 때는 대체로 그 사람과 같이 앉히더라."

그녀는 지금 긴장하지 않고 나에게 말을 걸고 있다.

그 눈은 나를 똑바로 보고 있었다.

……마치 나'만' 보이는 것처럼.

설마 이렇게까지 마음을 열 줄은 몰랐다.

그건 정말로 기쁘다. 하지만…… 그건 동시에 류자키 료마가 '열세'라는 의미이기도 하니 순수하게 기뻐할 수는 없었다.

왜냐하면 주인공은 궁지에 몰릴수록 성장해서 '각성'하는 존재이기 때문이다.

……물론 현실에서 그런 소설 같은 일이 일어나는 건 말도 안 된다. 지나친 생각이겠지. 하지만 지금까지 겪어본 바가 있으니 안심할 수가 없었다.

한편 시모츠키는 이런 걱정은 전혀 없어 보였다.

"나카야마, 멋진 추억 많이 만들자."

천진하게 웃고 있다.

그 미소를 보면 부정적인 내가 정화되는 듯한 느낌이 들어서 기분이 아주 편해졌다.

뭐, 걱정해봤자 어쩔 수 없지.

“응, 물론이야.”

고개를 끄덕이자 그녀도 나를 따라 하듯 크게 끄덕였다.

마침 그때 선생님들이 와서 우리의 대화도 멈췄다.

그리고 이야기의 클라이맥스 이벤트인 ‘숙박 학습’이 시작되었다.

◆

결국 버스 자리는 그룹별로 선생님이 지정해주었다.

자유인 것 같으면서도 자유가 아니며, 담임인 스즈키 선생님이 나눠준 좌석표를 보자 시모츠키는 류자키의 옆자리였다.

‘운명이라고 해야 하나. 이런 게 주인공 보정이란 말이지.’

담임이 임의로 지정했는데도 류자키는 결국 메인 히로인 옆자리가 되었다. 이런 일이 과거에도 여러 번 있었겠지.

“아, 역시 류자키가 옆자리구나.”

시모츠키도 익숙한지 바로 스즈키 선생님에게 말을 걸었다.

“저, 저기…… 스즈키 선생님.”

나이 차가 많이 나면 다소는 낯가림도 줄어드는 건지 제대로 발음하고 있었다.

"버스 멀미가, 있어서……."

흠, 컨디션을 핑계로 류자키에서 도망치는 작전인가. 저 녀석도 이런 걸 자주 봐서 시모츠키가 병약하다고 착각한 건지도 모른다.

"아, 시모츠키는 쉽게 멀미하는구나. 그럼 앞쪽에 선생님 근처에 앉을래?"

"네."

스즈키 선생님은 배려심 있는 사람이라 살짝 뻣뻣한 시모츠키의 부탁도 귀찮아하지 않고 친절하게 대응해주었다. 시모츠키를 맡겨도 괜찮을 것 같다.

'자, 그럼……. 나와 같이 앉을 사람은 누구려나.'

숙박 학습에서 같이 활동할 멤버는 류자키, 시모츠키, 나, 의붓동생 나카야마 아즈사, 친구였던 아사쿠라 키라리, 소꿉친구인 호죠 유즈키.

남자 넷, 여자 넷으로 총 8명 구성이기 때문에 남은 남자 둘은 내 친구인 하나기시 소마와 이쿠라 타로도 있다. 이 두 사람 중 한 명이라면 마음이 편할 텐데……. 만약 세 여자 중 누군가의 옆자리라면 조금 불편하다.

과연 누구일까. 조심조심 좌석표를 보자…… 나카야마 코타로 옆에 '나카야마 아즈사'라는 글자가 적혀 있었다.

뭐, 아즈사라면 얼마 전에 대화도 했으니 다소 편할지도 모른다.

그런 관계로 바로 버스에 타서 지정된 자리에 앉았다.

위치는 차량 뒤쪽 창가. 아직 류자키 일행은 오지 않았기에 그냥 창밖을 바라보며 멍하니 있었다.

10분 정도 지났을까. 슬슬 출발하는 타이밍에 간신히 류자키 일행이 나타났다.

"아, 옆자리 오…… 아니. 나카야마구나."

아즈사는 학교에서 나를 오빠라고 부르지 않는다. 류자키에게 이상한 오해를 받지 않도록 성이 같은 남이라는 식으로 통하고 있다.

"아즈사는 창가가 좋으니까 바꿔줘."

하지만 당연하다는 듯이 자신을 우선하는 아즈사의 태도는 동생다워 보였다. 얘는 오빠에게 어리광을 심하게 부린다고 해야 하나, 막무가내인 면이 있어서 얼마 전까지는 집에서도 이런 느낌이었다.

그리움을 느끼면서 나는 순순히 창가 자리를 양보했다.

'시모츠키는 어떤 상태려나?'

그녀를 살펴보자 스즈키 선생님이 앉는 자리 바로 옆에 있는 1인석에서 창문에 기대있었다. 눈가리개 대신인 건지 밀짚모자를 여전히 쓰고 있다.

이윽고 버스가 출발했다.

"다들 안녕~. 지금부터 기다리던 숙박 학습입니다! 목적지까지 심심하니까 선생님이 재미있는 이야기라도 하면서 시간을 보내기로 할까~."

가는 길에 스즈키 선생님의 변덕으로 버스 가이드가 시작됐다.

하지만 다른 학생들은 다들 수다 떠느라 바쁘다.

덕분에 차 안이 떠들썩해서, 귀를 기울여도 옆에 앉은 사람의 목소리조차 잘 안 들렸다.

"……저기, 오빠."

그때, 아즈사가 말을 걸었다.

나는 류자키를 경계하여 대각선 뒷자리를 보았으나 그녀석은 창가에 기대 눈을 감고 있었다. 이만큼 소란스러우면 나와 아즈사의 대화는 못 들을 것이다.

"무슨 일이야? 류자키가 근처에 있는데 말을 걸다니, 그만큼 중요한 말인가?"

"응, 뭐."

시선이 마주치진 않았다. 아즈사는 창문에 비치는 나를 향해 말을 걸고 있다.

"요즘 료마 오빠가 기분이 안 좋아."

대화 내용은 역시 류자키 료마였다.

"말을 걸어도 차갑고……. 고민한달까, 망설이는 느낌이 들어. 그래서인지 요즘은 별로 어울려주지 않아."

좋아하는 류자키의 차가운 태도가 아즈사는 충격이었던 모양이다.

"사실, 원인도 알아. 요즘 시모츠키가 오빠랑 친하잖아? 료마 오빠는 그게 아주 싫은가 봐."

"……재가 의식할 만큼 친했나?"

"자각이 없어? 교실에 이미 소문이 자자해……. 시모츠키가 계속 오빠를 쳐다보는걸. 눈치채지 못하는 게 이상하다고."

아무래도 정말 반에서 눈에 띄었던 모양이다…….

"료마 오빠가 가장 좋아하는 사람은 시모츠키라는 걸 다시금 느꼈어……. 하지만 아즈사도 료마 오빠를 좋아하는걸. 이 일방적인 짝사랑도 이젠 지쳤어."

보답받지 못하는 마음에 아즈사도 슬슬 한계가 가까워 보였다.

"그래서 아즈사는…… 료마 오빠에게 고백할 거야."

마침내 그 마음이 넘쳐버린 모양이다.

"왜 이렇게 좋은 건지 알 수 없을 만큼 좋아한다고. 이런 마음, 참을 수 없어……."

아즈사는 일방적으로 말을 늘어놓았다. 마치 '혼자서는 감당할 수 없으니까 쏟아내게 해줘'라고 말하는 것처럼 보여서 가슴이 욱신거렸다.

'열심이구나.'

아즈사는 자신의 연애에 전력으로 임하고 있다.

그럼 나라도 이야기를 들어줘야겠지. 기대에 부응하지 못했던 못난 오빠이지만, 그 정도는 할 수 있으니까.

"사실 숙박 학습에는 '캠프파이어 때 고백하면 반드시 성공한다'는 징크스가 있대."

"……그래?"

"응. 대대로 이어져 내려온 유키노시로 고등학교의 전설이라나. 그리고 신사에도 기도했고, 오늘 점도 운이 좋았고, 연애운 부적도 가져왔고, 럭키 컬러인 아이템도 전부 다 준비했어."

아즈사는 할 수 있는 건 전부 했다고 가르쳐주었다.

"그러니까 아즈사…… 괜찮겠지?"

그래도 불안하니까 나도 응원해달라고, 그런 뜻인 것 같았다. 물론 거절할 이유는 없었다.

왜냐하면 아즈사는 내 동생이니까.

"그래, 괜찮을 거야."

그렇게 말해주자 아즈사가 마침내 이쪽을 보았다.

덩달아 나도 아즈사를 보자 그녀는 예전처럼 웃어주었다.

"고마워."

애교 있는 미소가 불현듯 옛날의 아즈사와 겹쳐졌다.

그러고 보면 초등학생 때부터 아즈사는 계속 트윈테일에서 헤어스타일을 바꾸지 않았다.

몸도 아담하고 키도 아마 당시와 크게 달라지지 않았을 것이다. 그 탓인지 성격도 고등학생치고는 어린 경향이 있으며, 동급생에게도 연하처럼 행동하는 습관이 있다.

그런 모습을 보자…… 마치 시간이 멈춘 것 같은 느낌이 들었다.

나와 의붓남매가 되기 전, 그녀는 가족을 사고로 잃었다.

어쩌면 아즈사의 시간은 그때에서 멈춰있는 건지도 모른다.

'오늘을 계기로 앞으로 나아가기를…….'

그것이 오빠로서 소소한 바람.

소꿉친구만이 연애 상대가 아니다. 류자키…… 너를 진짜 의미로 사랑하는 사람은 더 가까이 있다.

아즈사의 순수한 애정이 류자키의 뒤틀림을 고쳐준다면, 그 너머에는 두 사람의 행복한 미래도 있을지도 모른다. 그런 희박한 가능성을 믿었다.

이렇게 버스는 목적지로 향해간다.

길 상태가 나쁜 건지 평소에 타는 버스보다 크게 덜컹거렸다.

◆

숙박 학습을 하는 자연공원에 도착한 건 오전 11시쯤이었다.

점심시간을 고려한 건지 일정표에는 '야외 취사'가 적혀 있었다.

우리는 도착하자마자 바로 짐을 방에 두고 광장에 집합했다. 취사장이 병설된 곳이라 화덕, 수도는 물론이고 조리도구도 테이블 위에 놓여있었다. 이미 준비가 끝난 모양이었다.

하나기시, 이쿠라와 함께 집합 장소에 왔는데 류자키 일행은 아직 없었다. 시모츠키도 없는 걸 보면 조금 너무 서두른 건지도 모른다.

"난 요리 해본 적 없는데……. 이쿠라는 할 줄 아냐?"

"얕보지 마라. 야구밖에 모르는 너와 달리, 조금은 할 줄 안다, 이 말이야."

그룹원이 다 모이는 걸 기다리는 동안 하나기시와 이쿠라가 잡담을 나눴다.

내가 멍하니 듣고 있으니 이윽고 나에게도 질문이 날아왔다.

"나카야마는 요리할 줄 알아? 이쿠라보다는 잘할 것 같은 느낌인데."

"넌 나를 뭐라고 생각하는 거야? 뭐, 내가 생각해도 나카야마가 더 잘할 것 같다만."

"아니……. 평범한 수준이야. 아예 못하는 건 아니지만,

딱히 잘하는 것도 아닌 정도?"

"그러냐. 그럼 요리는 여자애들을 믿는 수밖에 없겠군."

"모르지. 류자키가 잘 할 수도 있잖아? 걔는 뭐든 다 잘 하니까……. 운동밖에 못 하는 바보와는 다르게."

"트럼펫 부는 재주밖에 없는 콩나물무침 안경 주제에 잘도 떠드는군."

"트럼펫이 아니라 유포니움이야. 아, 빡빡머리 근육 바보에겐 너무 어려웠나?"

그렇게 항상 하는 대화를 모호하게 웃으며 흘려넘겼다.

야구부인 하나기시와 취주악부인 이쿠라는 평소에도 이런 느낌이다. 견원(?)지간이다.

'류자키는…… 할 줄 안다고 했던 것 같은데?'

교실에서 유즈키와 그런 대화를 했던 것 같다.

류자키는 혼자 살기 때문에 직접 요리하게 되었다고 한다. 원래 센스도 좋았던 건지 실력도 제법이라고 했다.

조금 된 일이지만 평소 얌전한 유즈키가 요리를 좋아한다는 공통점을 발견하고 흥분했었기에 잘 기억하고 있다.

그로부터 기다리길 잠시. 몇 분 정도 지나자 드디어 류자키 일행이 왔다.

"나카야마, 미안해. 늦었지."

"어? ……아냐, 괜찮아."

빈 교실에서 적이라고 선언한 뒤 류자키는 내게 유독 차가웠는데, 지금은 또 아무렇지 않게 말을 걸어왔다. 나는 강한 위화감을 느꼈다. 대체 무슨 심경 변화인 걸까.

"그럼 슬슬 시작할까."

의욕이 있는 건 좋은 일이지만 아직 시작하기에는 한 명이 모자라다.

"아직 시모츠키가 안 왔잖아. 조금만 더 기다려보자."

아까부터 곁눈질로 은발을 열심히 찾았지만, 전혀 보이지 않았다. 그러자 류자키가 살짝 짜증 난 듯 눈썹을 찡그리며 나를 노려보았다.

"있잖아. 아까부터 계속."

"어?"

뒤를 보라는 제스처에 허둥지둥 돌아보았다.

어느새 시모츠키가 내 등에 달라붙듯 서 있었다.

아하. 이 녀석, 시모츠키가 있어서 말투를 신경 쓴 거였군. ……아니, 지금 그런 건 됐고.

"이, 있었어?"

깜짝 놀랐다. 전혀 눈치채지 못했다.

한편 놀라는 나를 보는 시모츠키는 유난히 즐거워 보였다.

"……후후. 나카야마는 암살자 실격이네. 빈틈투성이라서 등 뒤로 쉽게 접근할 수 있었어."

류자키 앞인데도 불구하고 시모츠키가 말을 했다.

심지어 교실에 있을 때보다 목소리도 조금 더 컸다. 당연히 류자키의 귀에도 들어갈 수밖에 없었다.

"……!"

류자키는 노골적으로 동요하더니 분하다는 얼굴로 나를 노려보았다.

마치 '이렇게 시호가 마음을 열었을 줄은 몰랐어'라고 말하듯이.

"시, 시호. 오늘은 더우니까 태양 아래에 너무 오래 있지 마. 금방 피부가 타니까 조심해. 요리할 때도 아무것도 안 해도 돼."

이에 질세라 시모츠키에게 말을 거는 류자키.

하지만 시모츠키는 류자키가 말을 걸자마자 보란 듯이 무표정이 되었다.

"…………괜찮아."

나를 상대할 때와 노골적으로 태도가 달랐다. 아무리 둔감한 류자키라고 해도 충격을 피할 수는 없었다.

"아, 아니…… 나는, 너를 걱정해서……!"

다급한 듯한 얼굴로 계속 대화를 시도하려고 발버둥 친다.

"나카야마, 잠깐 저기 가 있을게."

하지만 시모츠키는 도망치듯 그 자리를 떠났다.

"젠장……!"

생각대로 가지 않자 욕설을 뱉은 류자키는 나를 보며 이를 악물었다.

"아직이야. 승부는 안 끝났어. 이겼다고 생각하지 마라."
거칠게 말한 뒤 나에게서 떨어졌다.
점점 류자키가 궁지에 몰려간다.
그 속도는 한층 더 기세가 붙었다.

◆

"아, 아무튼, 우리는 카레를 만들 건데…… 역할을 나누자."
자연공원 취사장의 한 곳. 커다란 텐트 아래에서 그룹 멤버들은 원을 그리듯이 모여있었다.
"나와 유즈키는 요리가 익숙하니까 식칼을 쓰는 일이나 간 보기를 맡을게."
그 중심에선 류자키가 척척 지시를 내리고 있다.
야외 취사는 역시 요리에 자신이 있는 류자키와 유즈키가 주축이 될 모양이었다.
조금 전 시모츠키에게 쌀쌀맞은 대응을 받은 걸 만회하기 위해서인지 류자키는 유달리 기합이 들어간 것처럼 보였다.
"키라리는 식기 준비와 쌀을 안쳐줘. 아즈사는 채소 껍질을 부탁할게. 그쪽 남자 둘은 오후 레크리에이션 대회 준비에 사람이 필요하다고 하니까 그쪽을 도와줘. 그리고 나카야마…… 너에게는 불 피우기를 맡길게. 물론 '혼자'서 해라?"

나에게만 노골적으로 압박을 거는 듯한 말투였다. 그만큼 여유가 없는 걸까.

"시호는…… 그래. 아즈사와 같이 채소 껍질을 벗겨줄래? 실수해서 손 베이지 말고. 다칠 수도 있으니까 조심해. 그리고 작업이 끝나면 쉬어도 되니까 무슨 일이 있으면 나한테 말하고."

"………… ."

나와는 달리 과잉 친절을 발휘하는 류자키. 그러나 시모츠키는 일관적으로 차가웠다.

무표정을 유지한 채 말없이 고개를 끄덕일 뿐이었다.

"그, 그럼 그렇게 알고…… 시작하자."

시모츠키의 반응이 좋지 않았던 탓에 류자키는 조금 기운이 없어 보였다.

'……우선 장작부터 가져와야겠지.'

괜히 반항해봤자 반감을 살 뿐이니 얌전히 시키는 대로 따랐다.

불을 피우는 방법은 숙박 학습 매뉴얼에 적혀 있으니 그 순서를 따라서 준비했다. 장작을 쌓아놓은 곳에 가서 필요한 만큼 들고 우리가 작업하는 장소로 돌아왔다.

화덕에 장작을 넣고 불씨가 될 착화제와 라이터로 점화.

이제 시간이 지나면 불이 붙겠지. 여기까지 하자 딱히 할 일이 없어졌다.

작업하는 사이에 더러워진 손을 씻기 위해 나는 싱크대로 향했다.

근처의 싱크대는 류자키와 유즈키가 한창 쓰는 중이라 조금 떨어진 장소에 있는 싱크대로 왔는데, 여기서 아즈사와 시모츠키가 채소 껍질을 벗기고 있었다.

"시모츠키는 요리해본 적 있어? 아즈사는 별로 없는데."

"……나도 없어."

시모츠키는 여전히 아즈사 앞에서도 긴장하는 모양이었다 다만 류자키를 상대할 때보다는 표정이 부드러워 보였다.

분위기를 보면 아마 내가 간섭하지 않아도 괜찮겠지.

그렇게 판단하고 말을 걸지 않을 생각이었지만.

"그럼 아즈사가 채소를 씻을 테니까 시모츠키는 껍질을 벗겨줄래?"

"…………껍질?"

잊고 있었다. 시모츠키는 이미지와 달리 못하는 게 많은 타입이다.

물론 요리도 전혀 해보지 않았겠지.

"껍질을…… 벗겨?"

마치 채소에 껍질이 있다는 걸 지금 알았다는 듯한 반응.

시모츠키는 당근을 보며 눈을 동그랗게 뜨고 있었다.

"응, 이 감자 칼을 쓰면 돼."

아즈사에게 받은 필러를 보고 고개를 한껏 갸우뚱했다.

"감자…… 칼?"

아, 저런. 시모츠키가 어려운 수학 문제를 봤을 때와 똑같은 얼굴이다.

설마 필러 자체도 처음 본 건가.

"……아, 알겠다."

몇 초 동안 말없이 필러를 바라본다 싶더니 고개를 크게 끄덕이고는 당근을 필러로 힘차게 두들기기 시작했다. 당연하지만, 껍질은 깎이지 않았다.

뭐가 대체 뭐가 '알겠다'였을까.

"……저기, 시모츠키…… 혹시 요리 전혀 할 줄 몰라?"

이 기행을 보고 아즈사도 눈치챈 모양이었다.

"할 수 있어. 엄마가 요리하는 걸 항상 보니까."

"보기만 해서 할 수 있는 건 아니잖아! 왜, 왜 인정하지 않는 건데?!"

시모츠키의 어머니는 요리를 잘하셨다. 이래저래 도시락도 매일 같이 조금 얻어먹고 있는데, 전부 다 아주 맛있었다.

어쩌면 채소 껍질 정도는 필러 없이 깎아내시는지도 모른다.

"어, 어쩌지……. 시모츠키가 채소를 씻을래? 아니, 설마 세제와 수세미로 씻을 건 아니지……? 어어."

웬일로 아즈사가 허둥댔다. 평소에는 동생처럼 행동하는 아이라 굳이 따지라면 남을 휘두르는 쪽이라 휘둘리는 걸 보는 건 신선했다.

그렇게 두 사람을 구경하고 있었더니 시선을 이리저리 배회하던 아즈사의 눈이 불현듯 이쪽을 향했다.

그리고 그녀는 무언가 떠올랐다는 듯 눈을 크게 떴다.

"아, 오빠……! 맞다, 시모츠키를 부탁해도 돼?"

"어…… 류자키가 알면 화낼걸?"

그 녀석은 나와 시모츠키를 의도적으로 떼어놓았다. 내가 시모츠키를 도와주는 건 류자키에게 별로 좋게 작용하지 않을 거다.

하지만 아즈사는 어깨를 움츠리며 작게 웃었다.

"……어차피 이렇게 쪼잔한 짓은 자체가 이미 료마 오빠답지 않아. 평소에는 더 자신만만한데 오늘은 왠지 이상했고……. 신경 쓰지 마. 아즈사는 그런 료마 오빠는 인정 안 해."

그 아즈사가 류자키를 무조건 긍정하지 않게 되었다.

지금까지는 계속 류자키가 하는 모든 행동과 발언을 호의적으로 받아들였는데.

그 변화는 이후 전개의 큰 복선이 될 것 같은 느낌이 들었다.

……뭐, 이것만큼은 고민해봤자 소용없지만.

"그래도 괜찮아? 그럼 나카야마와 갈게. 아즈냥, 화이팅."

그리고 내가 옆에 있다는 걸 알자마자 시모츠키는 아즈사에 대한 긴장감을 없앴다.

"아, 아즈냥이 뭐야?"

"내가 아주 좋아하는 애니 캐릭터. 동생 속성에 흑발 트윈테일이라니 완전히 판박이야."

시모츠키는 평소의 무표정에서 일변하여 부드럽게 미소 지었다.

그걸 보고 아즈사는 동성인데도 얼굴이 새빨개졌다. 마음은 이해해……. 그 정도로 시모츠키의 미소는 파괴력이 강하다.

"어, 응. 그렇구나……."

"응. 그럼 미안하지만, 채소는 맡길게. 나에게는 역시 더 큰 일이 잘 어울려. 나카야마도 그렇게 생각하지?"

내가 있다는 걸 깨닫자마자 아즈사 앞에서도 평범해지는 시모츠키.

"그래서, 나카야마는 뭘 하고 있어? 내가 도와주면 단숨에 끝날 테니까 얼마든지 부탁해도 돼!"

……이렇게 된 거 어쩔 수 없나. 류자키는 싫어할 테지만 우선 시모츠키의 추억 만들기를 우선해야겠다.

"나는 불 피우기 담당이야."
"불 피우기?! 그, 그렇구나……. 나에게 딱 맞아."
뭘 근거로 딱 맞는다는 걸까?
"뭐, 이미 불은 붙였으니까 남은 건 장작을 추가하는 것 말고는 할 게 없지만."
"어라, 그렇구나…… 아쉬워라. 불을 조종하는 건 마법사 같아서 동경했는데."
그런 잡담을 나누며 화덕으로 안내했다.
"오오, 뜨거워……. 나카야마. 이거 엄청 뜨거워!"
불을 향해 손을 뻗은 시모츠키는 어딘가 신이 난 것처럼 보였다.
"장작은 이거야? 넣어도 돼?"
"응, 손은 넣지 않도록 조심해."
"그런 어린애 같은 짓은 안 해――윽, 뜨거!"
기대한 대로 불에 너무 가까이 다가간 시모츠키. 보아하니 화상은 없어 보이지만 실수한 게 부끄러운 듯 몸을 꼼지락거렸다.
"……소, 손이 더러워졌어!"
그리고는 얼버무리듯이 손바닥을 보여주었다. 별로 더러운 것처럼 보이진 않지만 작은 손가락과 손바닥에 흥미가 솟아서 쳐다보았다.
그때 시모츠키가 불쑥 그 손을 뻗어 내 셔츠로 닦았다.

"에잇!"

"자, 잠깐!"

수건 대신 쓸 줄은 몰라서 깜짝 놀랐다.

"아하하, 장난이야. 별로 안 더러우니까 안심해."

내 반응이 재미있었던 건지 시모츠키가 소리 내어 웃었다.

그걸 보고 확신했다.

역시 시모츠키는 들떠 있다.

나와 같이 있는 걸 진심으로 즐거워하고 있다. 심지어 평소에는 타인의 기척에 민감한데…… 그것조차 잊고 나 '만' 보였다.

그 탓에 시모츠키는 그 녀석의 접근도 눈치채지 못했다.

마치 경계심을 푼 초식동물처럼 풀어져 있었다.

"뭐, 뭐야……. 왜 시호가 여기 있는데?"

나도 목소리를 듣고서야 간신히 깨달았다.

뒤를 돌아보자 그곳에는 류자키 료마가 있었다.

"하아……."

시모츠키도 뒤늦게 류자키를 알아채더니 노골적으로 질린다는 듯 한숨을 쉬었다.

그 반응으로 류자키도 자신을 환영하지 않는다는 걸 눈치챌 줄 알았는데, 그보다는 나에게 의식이 쏠려 있었다.

"나카야마, 혼자서 하라고 했잖아? 왜 시호와 같이 있는 거야?"

류자키의 추궁에 나는 한 발짝 뒤로 물러났다.

어떻게 설명해야 할지 고민하던 그때.

"——아즈사가 시켰어."

불현듯 의식 밖에서 말이 날아왔다. 고개를 들자 그곳에는 아즈사가 있었다.

채소 껍질을 벗기는 도중이었을 텐데 우연히 우리 주변에 있었던 모양이다.

"아, 아즈사가? 왜 그런……."

"채소 껍질은 아즈사 혼자서도 벗길 수 있는걸. 그보다 불 피우는 게 더 힘들어 보이는데 왜 나카야마에게만 시킨 거야? 장작 나르는 거 무거워 보이더라."

이렇게 날카롭게 지적하는 아즈사는 뭐라고 하지…… 드물었다. 그 탓에 류자키도 어떻게 대해야 하는지 알 수 없어진 듯 말문이 막혔다.

"그건…… 그렇지만."

"료마 오빠, 오늘 좀 이상해."

그 말을 끝으로 아즈사는 떠나갔다.

류자키도 아즈사의 지적에 민망해진 건지 나를 계속 추궁하지 않게 되었다.

"……젠장. 내가 이상하다는 것쯤은 안다고."

작게 그런 말을 중얼거리고는 나를 노려본 뒤에 떠났다.

그제야 간신히 시모츠키가 다시 입을 열었다.

"아, 그러고 보면 나카야마는 키 몇이야?"

아무래도 지금 일을 없었던 것으로 치부할 모양이다. 류자키를 무시하고 있다.

그 녀석은 명백하게 실패하고 있었다.

주인공이 한층 더 궁지에 몰린다.

◆

말을 걸어도 쌀쌀맞으니 요리로 환심을 산다.

그런 의도인 듯 류자키는 카레에 공을 들인 모양이었다.

"시호, 어때? 시판 루를 쓴 카레지만 제법 맛있지? 재료를 어떻게 자르는지, 불을 어떻게 다루는지에 따라 맛이 확 달라지거든."

카레를 다 만든 뒤. 그룹 멤버끼리 모여서 식사하고 있었더니 류자키가 시모츠키의 관심을 끌려고 열심히 말을 걸었다.

"료마 씨, 요리 잘하시네요. 무척 맛있어요."

"응! 류 군의 요리는 항상 대단해~. 하지만 오늘은 특히 더 맛있는 것 같아."

유즈키와 키라리는 평소처럼 류자키를 추켜세우고 있는데도 류자키는 시모츠키에게 빠져서 두 사람을 거들떠보지도 않았다.

"으음……."

그걸 보며 아즈사는 불만이라는 듯 고개를 갸웃거렸다. 지금 류자키의 모습에 생각하는 바가 있는 걸까.

뭐, 그래도 류자키는 시모츠키에게 집중하고 있지만.

"시호, 감상 말해주지 않을래? 일단 시호가 좋아할 법한 단맛으로 했거든. 맛있다면 그렇게 말해줬으면 좋겠어."

말을 걸어도 그녀는 우물우물 카레를 먹으면서 무표정을 유지하고 있다.

그대로 침묵으로 밀고 나가려고 했던 모양이지만 류자키가 하도 집요한 바람에 어쩔 수 없다는 듯 입을 열었다.

"…………평범해."

딱히 맛있지도 맛없지도 않은 맛이 시모츠키의 감상인 모양이다.

"펴, 평범해? 아니, 그럴 리가……."

요리 실력에 어지간히 자신이 있었던 모양이다. 류자키에게는 뜻밖의 말이었던 건지 동공이 흔들릴 정도로 동요했다.

'맛은 좋지만, 시모츠키의 어머니에 비하면 좀…….'

내 혀는 칭찬하고 있다. 하지만 시모츠키의 어머니는 조리사 면허와 영양관리사 자격증도 있는, 소위 프로급 요리사다.

그 정도 수준의 인간과 비교하면 아무래도 학생인 류자

키로서는 불리하겠지.

열심히 요리해도 시모츠키의 반응은 신통치 않았다.

"……저기, 나카야마. 물 안 마셔?"

한편 시모츠키는 나에게는 과도할 정도로 반응이 좋았다.

"아니, 마시는데."

"그래? 하지만 내 물 다 마셨으니까 나카야마 거 한 모금 마실게."

내 의사는 무시하고 컵을 홱 훔쳐 갔다. 말한 대로 한 모금만 마신 뒤에 다시 돌려주었다.

뭐, 뭐지?

어중간한 행동의 의미를 이해할 수 없어서 난감해하고 있었더니 시모츠키가 장난기 있게 씩 웃었다.

"참고로 이제 나카야마가 입을 대면 간접 키스가 되는데, 그걸 알면서도 이 컵을 쓸 수 있겠어?"

"…………?!"

확실히 이대로 입을 대는 건 조금…… 아니, 상당히 부끄럽다.

뭐, 그렇게 놀리긴 해도 시모츠키라면 불쾌하진 않지만.

'그래도 지금은 좀 봐줬으면 하는데.'

맞은편에 앉은 류자키를 힐끗 쳐다보자 우리를 보며 어안이 벙벙해져 있었다.

자기에게는 쌀쌀맞았는데 내 앞에서는 표정이 풍부해

진다.

그 사실에 류자키는 충격을 받은 모양이다.

하지만 류자키의 시련은 아직 끝나지 않았다.

◆

야외 취사와 점심 식사가 끝나고 잠시 휴식 시간을 거친 뒤 레크리에이션 대회가 열렸다.

대회라는 거창한 이름이 붙었긴 하지만 실체는 그냥 반 대항 피구 경기다.

다만 머리 위로 태양이 지글거리는 광장에서 이뤄지는 경기라 운동을 좋아하지도 싫어하지도 않는 나는 딱히 기대심이 없었다.

하지만 그런 나와는 다르게 시모츠키는 어째서인지 흥분했다.

"나카야마, 다음은 남자 피구지? 응원할 테니까 열심히 해! 저기 나무 아래에서 보고 있을게."

조금 떨어져 있으며 학생들이 별로 없는 장소를 가리키는 시모츠키.

그녀가 본다면…… 뭐, 조금은 열심히 해야 할 것 같은 느낌이 든다.

"어떻게든 끝까지 남을 수 있다면 좋겠는데."

"그래. 기대할게!"
씩씩한 응원을 받은 뒤 피구가 시작됐다.
결과부터 말하자면——처참했다.
"아하하, ……어, 어떡해, 배 아파. 나카야마도 참, 맞았을 때 '꾸엑'이라고 했지? 나 다 들었거든? 너무 웃겨서 아까부터 웃음이 안 멈춰."
물론 의욕이 없었던 건 아니다.
하지만 적팀의 첫 공격에서 배에 공을 맞는 바람에 우스꽝스러운 소리를 내며 쓰러지고 말았다.
일단 야구부인 하나기시나 의외로 운동도 잘하는 류자키의 대활약 덕분에 경기는 승리했지만, 나는 아무것도 하지 못했다.
시모츠키는 그런 한심한 나를 보고 있었던 건지, 돌아와도 계속 배를 잡고 웃어댔다. 심지어 너무 웃어서 눈가에 눈물까지 맺혔다.
"끝까지 남았다면 좋았을 텐데! 아하하하!"
"……그렇게 웃어주니까 오히려 개운하구나."
"아, 재밌었다! 어쩐지 기운이 나네."
시모츠키는 저지 소매로 눈물을 훔친 뒤 일어났다.
더운 와중에 그래도 피부가 타는 게 싫은 건지 시모츠키는 겉옷을 벗지 않았다. 그 탓에 조금 땀이 났고 뺨도 살짝 붉었다.

아니, 저 홍조는 어쩌면 평소보다 흥분했기 때문인 건지도 모른다.

“다음은 우리 여자팀 차례지? 나카야마, 모범을 보여줄 테니까 지켜봐……. 내가 ‘피구’를 가르쳐줄게!”

어째서인지 자신이 넘쳐나는 시모츠키는 의기양양하게 광장을 향해 달려갔다. 다만 그 달리기가 영 엉성해서 별다른 운동 신경을 느끼지 못했다.

과연 나에게 ‘피구’를 가르쳐줄 수 있을 것인가.

시모츠키를 멀리 바라보고 있었더니 문득 코트 주변에 류자키가 있는 걸 발견했다. 항상 자신에게 잘 대해 주는 여자애들을 응원…… 할 리가 없지.

지금 저 녀석의 눈에는 시모츠키밖에 보이지 않는다.

그의 표정에는 여유가 없었다. 불안해 보일 정도였다.

그러고 보면 류자키에게 시모츠키는 병약하단 설정이었으니까…… 다치거나 쓰러지지 않을지 걱정하는 거겠지.

‘그렇게 걱정하지 않아도 괜찮은데 말이지.’

시모츠키는 기운이 넘친다. 너무 들뜬 상태라, 오히려 그게 더 걱정이었다.

『삐익!』

진행을 담당하는 스즈키 선생님이 경기 시작을 알리는 호루라기를 불었다.

여자 피구는 남자와 다르게 별로 활기가 없었다. 운동부

여학생도 해가 너무 따가운 건지 빨리 끝나라는 듯 의욕이 없다.

그 덕분인지 열심히 하던 시모츠키가 어떻게든 공에서 도망쳤다. 몸놀림은 둔했지만, 첫 공격에 퇴장한 나와 비교하면 대활약이라고 해도 과언이 아니다.

그렇게 놀랍게도 시모츠키는 마지막 생존자가 되었다.

적팀도 마지막 한 명. 공은 상대방에게 있지만, 잡고서 외야로 넘기면 승산이 있다.

"여기까지 왔으면 힘내라."

큰 목소리를 내면 눈에 띄니까 작게 응원을 보냈다.

목소리가 들릴 것 같지는 않았지만, 경이적인 청각을 지닌 시모츠키는 마치 들린 것처럼 내 쪽을 보았다.

하지만…… 운 나쁘게도 그 타이밍에 적팀이 공을 던졌다.

"앗?!"

허둥지둥 잡으려고 손을 앞으로 뻗는 시모츠키.

하지만 공은 무정하게도 손을 스치고 사이로 빠져나갔다.

그리고는 시모츠키의 얼굴에 정통으로 직격했다.

"꾸풉."

어쩐지 웃긴 비명을 남기고 시모츠키는 바닥으로 쓰러졌다.

"어…… 1반 승리~."

일단 이걸로 승부는 났으니 스즈키 선생님의 종료 호루

라기가 울렸다.

"시호?!"

계속 경기를 지켜보던 류자키가 즉각 시모츠키에게 달려갔다.

마치 대참사라도 일어난 것 같은 표정이었다.

'아니…… 너무 호들갑 아니야?'

별다른 의욕도 없고, 심지어 여자의 힘으로 던진 공이니까 전혀 빠르지도 않았는데, 류자키의 급한 반응을 보니 왠지 나까지 걱정이 됐다.

무심코 코트로 다가갔다. 시선 끝에는 얼굴을 누른 채 웅크린 시모츠키와 그 옆에 쪼그리고 앉은 류자키가 있었다.

"시호는 몸이 약하니까 내 말대로 쉬면 좋았잖아. 정말이지, 자…… 수건. 어디 다치진 않았어?"

친절하게 보살피려고 하는 류자키.

하지만 시모츠키는 수건을 받으려 하지 않았다.

"으, 으으……."

갑자기 시모츠키가 두 손으로 코를 누른 채 벌떡 일어났다. 울상이 되면서도 시선을 좌우로 굴린 뒤 내 모습을 발견하자마자 이쪽으로 달려왔다.

주변 아이들도 얼떨떨한 얼굴로 우리를 보고 있었다.

물론 수건을 내밀던 류자키도…… 무시당해서 아연실색

하고 있었다.

"나카야마, 구급차……! 큰일이야, 긴급사태라고."

시선이 주목되었는데도 불구하고 시모츠키는 자연스럽게 행동했다.

역시 시모츠키에겐 주변이 보이지 않는다.

내가 옆에 있을 때 한정이지만…… 그 조건이 갖춰지면 그녀의 낯가림은 완화되는 모양이다.

하지만 남들이 쳐다보는 게 즐거운 건 아니니 아이들에게서 멀어지도록 걸어갔다. 그러자 시모츠키는 좀비처럼 느릿느릿 따라왔다.

조금 전에 같이 있던 나무 그늘로 유도한 뒤 시모츠키의 상태를 확인해봤다.

"코에 공을 맞은 거야?"

"응. 마치 이도류 메이저리거 일본인 선수가 던진 강속구 같은 직구가 내 코를 부러트렸어."

그렇게 깔끔하게 비유할 만한 여유가 있다면 괜찮을 것 같은 느낌도 드는데.

"보여줄래?"

"물론이지! 자, 분명 새빨개졌을 거야."

누르고 있던 손을 치워줘서 확인해 보자 확실히 조금 붉었다.

하지만 피도 나오지 않았고, 붓지도 않았다. 아프기는

할 테지만 중증은 아니었다.

"괜찮은 것 같은데? 일단 스즈키 선생님에게 말할까?"

"어, 괜찮아? 그렇구나. 듣고 보니 그다지 안 아픈 것 같기도 하고……."

시간이 흐를수록 붉어졌던 코도 점점 되돌아오는 느낌이었다. 이 정도라면 괜찮아 보인다. 후우……. 일단은 안심이네.

"——나카야마, 시호는 괜찮아?"

계속 타이밍을 노렸는지 일단락되자 류자키가 불쑥 말을 걸었다.

"윽."

역시나 시모츠키는 경계하듯이 한 걸음 뒤로 물러났다. 마치 내 등 뒤로 숨듯이 류자키의 시야에서 도망치려고 했다.

그걸 보고 류자키는 분하다는 듯 입술을 깨물었다.

"그래, 괜찮다면 됐어……. 방해해서 미안해."

그 말을 끝으로 류자키는 돌아갔다.

어깨를 축 떨구고 걷는 모습이 명백하게 낙심한 듯했다.

항상 자신만만한 류자키가 저러는 건 처음이었다.

나는 류자키는 한계까지 몰렸다는 걸 막연하게 느꼈다.

'이제부터가 진짜겠네.'

'전'을 맞은 스토리는 밑바닥까지 내려갔다.

클라이맥스는 코앞이다. 동시에 종막의 시간도 슬슬 다가오고 있었다.

◆

숙박 학습의 일정은 문제없이 흘러갔다.

레크리에이션 대회가 끝나고 목욕과 저녁 식사도 순조롭게 소화했다.

그동안 시모츠키는 계속 내 옆에서 떨어지지 않았다. 마치 류자키에게 보여주듯이.

어쩌면 이게 시모츠키 나름의 방어행위인지도 모른다. 나를 방패 삼아 류자키의 고백을 틀어막으려는 것처럼 보였다.

그렇게 밤. 일정은 '담력 시험'과 '캠프파이어' 두 개만을 남겨두고 있었다.

"담력 시험? 그, 그그그그런 게 있어? 흐응……. 따, 따따따딱히, 귀신 같은 건 안 무서워. 애초에 귀신은 다 지어낸 이야기잖아? 하지만, 그…… 몸이 좀 안 좋다는 설정으로 쉬고 싶어졌으니까, 바이바이! 나카야마, 캠프파이어할 때 돌아올게!"

절묘한 타이밍으로 컨디션이 나빠지는 시모츠키. 지금까지 이런 이벤트가 있을 때마다 그렇게 꾀병을 부렸는지 유난히 익숙해 보였다.

스즈키 선생님도 의심하지 않고 시모츠키를 빼주었다. 결국 담력 시험은 시모츠키를 제외하고 시작되었다.

밤의 자연공원은 꽤 무섭다. 도시에서 떨어진 장소에 있으니 불을 끄면 정말로 캄캄해진다.

"료, 료마 씨…… 떠, 떨어지지 말아 주세요. 정말로, 부탁이에요."

"……그래, 알았어."

"류 군, 나는 딱히 무섭지 않…… 꺄악?! 아, 지금 그건 가짜 비명이야. 조금 연기한 것뿐이야!"

"……응, 그렇구나."

담력 시험 도중, 유즈키와 키라리는 잔뜩 겁을 먹어 류자키에게 딱 달라붙어 있었다. 평소였다면 이 상황을 즐기면서도 살짝 멋있는 행동으로 서브 히로인들을 두근거리게 했을 테지만…… 지금 류자키는 반응이 매우 건성이었다.

대답도 짧고, 저래서야 유즈키와 키라리가 조금 불쌍하다.

"…………."

아즈사는 그 세 사람을 뒤에서 바라보고 있었다.

그녀는 이 숙박 학습 동안 계속 류자키를 지켜보고 있었다. 환상에 젖은 듯 몽롱한 시선이 아니라 계속 무언가를 확인하려는 시선이었다.

아즈사는 캠프파이어 때 류자키에세 고백한다고 했다. 이쪽도 묘하게 불안하다.

그렇게 담력 시험이 끝나고 드디어 캠프파이어 차례가 되었다.

그때였다.

시모츠키와 합류하려고 광장에서 그녀를 찾고 있었더니 다른 사람과 마주쳤다.

"나카야마……. 잠깐 시간 돼?"

류자키 료마였다. 눈에 띄게 의기소침해 보였다.

나는 반사적으로 엑스트라 캐릭터를 연기하려 했지만, 이제 류자키를 속여도 의미가 없다는 걸 깨닫고 솔직하게 대답했다.

"무슨 일이야?"

"……대답이 평소보다 침착하네. 그래, 그게 진짜 네 모습이었구나. 하하……. 이거, 완전히 속았는걸. 하긴, 그런 태평하고 얼간이 같은 남자가 나에게서 시호를 빼앗을 수 있을 리 없지."

무언가를 알아차렸다는 듯 중얼거리는 류자키.

'빼앗아? 그건 아니지. 처음부터 시모츠키는 네 소유가 아니었어.'

류자키의 혼잣말 같은 중얼거림은 그리 듣기 좋은 내용은 아니었다.

나는 점점 이 녀석과 얽히고 싶지 않아졌다. 하지만 류자키는 그렇지 않은 모양이었다.

"대체 뭘 진심으로 시호와 마주 보겠다는 건지……. 이미 오래전에 승부가 나 있었는데. 우습군. 시호의 마음에는 이미 네가 있고, 나는 이미 늦어버렸는데 말이야."

"…………."

"뭐라고 말 좀 해 봐. 어떤 기분이야? 그렇게 예쁜 소꿉친구를 나에게서 빼앗았는데. 통쾌하겠지? 그렇다면 더 좋아해 봐……. 패배자인 나를 비웃으라고!"

류자키는 자조적인 웃음을 흘렸다. 하지만 아쉽게도 난 통쾌함을 전혀 느낄 수 없었다.

나는 아무것도 안 했으니까. 애초에 류자키와 경쟁조차 하지 않았다. ……이 녀석이 멋대로 승부로 몰았고, 멋대로 패배했다고 믿고 있는 것뿐이다.

더없이 독선적이고 자기중심적인 사고방식에 신물이 났다.

귀를 틀어막고 무시하고 싶건만, 류자키는 계속 말을 이어갔다.

"난 오늘 하루에 모든 것을 걸었어. 학교에서 반응이 안 좋더라도, 같은 그룹이 되어서 많은 시간을 보내면 자연스럽게 대화할 수 있으리라 생각했지. 그런데…… 보다시피 이런 꼴이야. 요리도 운동도 전혀 거들떠보지도 않고, 버스

나 담력 시험에 이르러서는 노골적으로 피하고 있어…….
이렇게까지 명백하니 인정할 수밖에 없지."
그는 마치 자포자기한 것처럼 이야기했다.
"……그래. 그럼 이제 이걸로 끝인가?"
내가 매정하게 대답하자 류자키는 또다시 비굴한 미소를 지었다.
"패배자에게는 해줄 말도 없다는 건가? 여유가 넘치네. 지금까지 쌓인 원한이나 미움을 부딪칠 기회를 준 건데."
"기대에 부응하지 못해서 미안하군."
"하……. 인간으로서도 진 기분이네. 하다못해 더럽게 욕을 퍼부었다면 너의 졸렬한 인간성을 보며 만족할 수 있었는데. 역시 시호가 선택한 사람은 다르다는 건가."
아무래도 상당히 궁지에 몰린 모양이다.
차마 들어주기 싫은 푸념을 흘리며 류자키는 숲 쪽으로 터덜터덜 걸어갔다.
"그럼 시호를 잘 부탁해. 열심히 과시해줘…… 내가 비참해질 정도로."
——지금의 류자키는 완벽하게 바닥으로 추락했다.
분명 여기가 분기점이 될 것이다.
'어느 쪽이든 류자키가 변할 수 있는 건 지금뿐.'
주인공답게 각성할 것인지.
혹은 주인공의 자질을 잃고 일반인이 될 것인지.

나는 류자키가 이 기회에 자신을 돌아보고 기이할 만치 자기중심적인 부분을 고치기를 바랐다. 그래야 저 녀석을 좋아하는 그 세 사람이 행복해질 테니까.

그때 갑작스럽게 제삼자의 목소리가 들렸다.

"……료마 오빠, 역시 이상하네."

흠칫 놀라 돌아보자 흑발 트윈테일의 여자아이가 류자키가 사라진 방향을 물끄러미 바라보고 있었다.

초등학생이라고 해도 믿을 만큼 앳된 소녀는 외모와 어울리지 않는 수심에 잠긴 표정을 짓고 있었다.

"저렇게 꼴사나운 말을 하다니…… 완전히 틀렸잖아."

"……우리가 하는 말, 전부 들었어?"

"응. 오늘은 계속 료마 오빠를 지켜보고 있었으니까."

아즈사는 류자키가 이상하다고 했다.

'아니, 그렇다고 해서 그 이야기를 왜 내게 하고 있지? 설마 이 타이밍에 녀석에게 고백하려는 건가……? 아직 캠프파이어는 시작하지 않았는데?'

아즈사의 의도를 알 수가 없었다.

"……지금이라면 아무에게도 방해받지 않고 료마 오빠와 단둘이 있을 수 있겠지. 아직 불은 안 붙었지만 조금 지나면 시끄러워서 고백할 만한 분위기가 아니게 될지도 모르고."

……역시 아즈사는 이 타이밍에 고백하려고 하는 모양

이다.

그렇다면 나는 아즈사를 위해 무엇을 해줄 수 있을까.

동의하며 고백하라고 등을 떠밀어주면 되는 걸까.

혹은 부정하며 고백을 만류해주길 바라는 걸까.

……아니, 그 둘 다 아니다.

아즈사의 눈에는 불꽃이 일렁이고 있었다. 마치 무언가를 각오한 것처럼.

나의 역할은 그 불꽃을 크게 지펴주는 것이다.

"그럼 관둘래? 저런 한심한 남자, 좋아해봤자 헛수고일걸."

그녀의 눈에 깃든 결의의 불꽃이 사라지지 않도록 이런 말로 부추겼다.

그러자 아즈사는 애교 있게 웃으면서 고개를 저었다.

"아니. 그래도 고백할 거야. 한심해도, 꼴사나워도…… 아즈사에게는 '이상적인 오빠'니까."

……그래. 그렇게 대답해야지.

고백 타이밍이 조금 걱정되지만……. 뭐, 충동적으로 고백하고 싶어질 만큼 마음이 넘친다는 거겠지.

"어떤 료마 오빠도 좋아하는 건 달라지지 않는걸."

선언하듯이.

혹은 자신에게 타이르듯이, 그녀는 다시금 자신의 감정을 입에 담았다.

"오빠, 고마워. 하지만 나 좋을 때만 부탁해서 미안해."
"딱히 신경 안 써도 돼. 가족에게는 사양하지 말고 억지 부려도 괜찮아."
네가 나를 싫어하는 일은 있어도.
내가 너를 싫어하는 일은 절대 없다고 단언할 수 있다.
"항상 아즈사가 행복해지길 바라. 그러니까 힘내."
——드디어 본인에게 응원의 말을 건넸다.
아즈사는 내 말을 듣고 가슴을 꽉 눌렀다.
"저기…… 하나만 더, 떼써도 돼?"
여기까지 왔는데, 그쯤이야.
고개를 끄덕여 다음 말을 재촉했다.
"……지켜봐 줄래? 아즈사, 힘낼게."
아즈사는 살짝 젖은 눈동자로, 떨리는 목소리로 그렇게 말했다.
지금부터 그녀는 용기를 쥐어짜서 좋아하는 사람에게 고백하려 한다.
하지만 원래는 겁이 많은 아이니까 분명 무서운 거다.
"그래, 알았어. 잘 지켜볼게."
내가 있어서 조금이라도 그 두려움이 완화된다면 거절할 이유는 없었다.
류자키……. 아즈사는 너를 진심으로 좋아하나 봐.
꼴사나운 면도, 한심한 면도, 그런 부분까지 모두 좋아해 주는 모양이야.

그런 아즈사의 마음이 류자키 료마의 독을 지우는 '약'이 되기를 바란다. 그렇게 되면 미래에는 분명 평범하고 흔한 행복이 기다릴 테니까.

극적인 전개는 필요 없다.

더 평온하고, 심심하고, 하지만 행복한 잔잔한 러브 코미디도 괜찮지 않나.

그런 미래를 아즈사가 손에 넣을 수 있기를.

◇

온종일 계속 료마만을 봤다.

시호 앞에서 폼 잡는 모습은 물론이고, 그 결과가 시원치 않아서 코타로에게 화풀이하는 모습도 그녀는 전부 관찰했다.

『꼴사나워.』

이날 아즈사가 료마에게 느낀 감정은 이랬다.

'저런 건 료마 오빠가 아니야!'

아즈사가 좋아하게 된 료마는 더 멋있었었다.

항상 자신만만하고, 어지간한 일은 천연덕스러운 얼굴로 깔끔하게 처리하고, 여유로운 행동거지를 좋아했는데 오늘은 흔적도 없었다.

하지만, 그래도…… 아즈사는 류자키에게 실망하지 않았다.

오히려 못난 부분을 보고서도 그를 '좋아'한다고 재인식했을 정도다.

'왜 이렇게 좋아하게 된 건지는 모르겠어……. 하지만 아즈사의 마음은 가짜가 아니야. 아즈사는 진심으로 료마 오빠를 좋아해.'

계속 자신의 감정에 자신감이 없었다.

저도 모르는 사이에 좋아하게 되는 바람에 류자키를 좋아하는 다른 여자아이들을 보며 위축되었다. 그런 자신에게 혐오를 느낀 적도 있다.

얼마 전 체육관 뒤에서 고백하려고 했던 건 모호한 자신의 감정을 확실하게 만들려고 시도한 결과이기도 했다.

'처음…… 계기는, 죽은 '오빠'를 닮았으니까 료마 오빠가 신경 쓰였던 거였지?'

코타로와 대화를 마친 뒤.

료마가 사라진 방향으로 걸어가며 문득 그와 처음 만났을 때를 회상했다.

고등학교 입학식. 료마와 만난 아즈사는 충격을 받았다.

왜냐하면 죽은 친오빠와 료마가 똑같이 생겼기 때문이었다.

친오빠는 아즈사가 초등학교 4학년 때 사고로 죽었다.

원래 편부모 가정이었던 그녀에게 바쁜 아버지 대신 돌봐준 친오빠는 누구보다 믿고 의지할 수 있는 사람이었다.

당시 어린 그녀는 '죽음'이라는 걸 이해하지 못한 채 친오빠가 사라진 건 자신이 '나쁜 아이이기 때문'이라고 믿어버렸다.

『착하게 말 잘 듣고 있으면 오빠는 돌아올 거야.』

아즈사의 아버지는 그 말에 진실을 가르쳐주지 못했다.

그리고 아즈사의 시간은 이 순간에서 멈춰버렸다.

친오빠가 돌아오기를 계속 기다리며 언제 재회해도 자신이라는 걸 알아볼 수 있도록 헤어스타일은 항상 트윈테일 그대로. 몸도 마음에 연동하듯이 성장을 멈춰서, 나이를 먹어도 계속 어린 모습을 유지했다.

그런 아즈사를 보며 위기감을 느낀 아버지는 재혼을 계기로 그녀가 호전되기를 기도했지만…… 아쉽게도 아즈사는 동갑내기인 코타로를 '오빠'로 만들었고, 코타로도 그 기대에 부응하려고 '오빠'를 연기하고 말았다.

하지만 아즈사에게 코타로는 친오빠의 대역일 뿐.

이상적인 오빠와는 성격도 외모도 다른 코타로를 보며 그녀는 어느새 위화감을 느끼게 되었다.

『어쩌면 오빠는 '오빠'가 아닌 건지도 몰라.』

그런 의구심을 품은 차에 료마를 만났고, 친오빠를 빼닮은 얼굴을 보고서 그녀는 료마야말로 '이상적인 오빠'라고 믿어버렸다.

하지만 마음속 어딘가에서는 알고 있다.

료마는 친오빠가 아니다. 비슷하게 생긴 타인이고, 내면은 전혀 달랐다.

하지만 그걸 감안해도 어느새 아즈사는 료마를 '이성'으로서 좋아하게 되었다.

그 사실을 숙박 학습을 통해 명확히 확인할 수 있었다.

'이 이상 꼴사나운 료마 오빠는 보고 싶지 않아.'

사랑하는 사람이 계속 멋있는 모습을 보여줬으면 좋겠다.

그러니까――시호에게 집착하는 료마를 붙잡고 깨끗하게 포기하길 바랐다.

그리고 자신을 좋아해달라고, 그렇게 바랐다.

수풀을 가르며 자연공원 안쪽으로 걸어갔다. 료마가 사라진 방향으로 곧장 걸어가자 1분도 지나기 전에 그의 모습이 보였다.

"젠장. 왜 내가 아닌 거야……. 대체 왜 그런 녀석에게 진 거지?"

료마는 그루터기에 앉아 고개를 숙이고 있었다. 아즈사가 왔다는 것도 눈치채지 못한 채 작은 목소리로 중얼중얼 투덜거렸다.

"윽……."

그런 그를 보고 아즈사는 살짝 공포를 느꼈다. 짜증을

내고 상냥하지 않은 료마 오빠는 그녀에게는 마치 다른 사람 같은 존재였다.

몸을 틀어 도망친다면 료마와 마주 보지 않아도 된다. 하지만…… 모습은 보이지 않아도 분명 지켜보고 있을 코타로를 떠올리고 마음을 고쳤다.

'오빠가 봐주고 있으니까.'

항상 자신을 위하는 가족을 버팀목으로 삼아 한 걸음, 앞으로 내디뎠다.

그제야 간신히 료마가 이쪽을 알아차렸다.

"뭐야…… 아즈사? 이런 곳에 뭐 하러 왔어? 지금 대화할 만한 기분이 아니니까 내버려 둬."

어째서 여기에 아즈사가 있는지.

어떤 마음으로 료마와 마주 보고 있는지.

그런 건 일절 생각하지 않고, 자신의 감정으로만 말을 고르는 료마에게 아즈사는 작게 한숨을 쉬었다.

"지금 료마 오빠, 꼴사나워."

솔직하게, 있는 그대로 감상을 던졌다.

이어서 딱 잘라 말했다.

"그러니까 시모츠키도 상대해주지 않는 거야."

"———닥쳐."

찰나, 그 자리의 온도가 내려갔다.

분노에 어깨를 떨며 아즈사를 노려보는 료마 때문에 공

기가 차가워졌다.

지금 그가 가장 듣고 싶지 않은 말이었을 것이다. 그걸 직접 부딪치자 아무리 상대가 아즈사라고 해도 감정을 억누르지 못한 것이다.

'역시 무서워…… 하지만!'

무슨 일이 있어도 코타로가 지켜준다.

그 안심감이 있기 때문에 그녀는 료마의 마음에 정면으로 충돌했다.

"거봐, 아즈사에게 그런 나쁜 말을 하는 료마 오빠는 진짜로 꼴사납다고. 화풀이해봤자 시모츠키는 돌아봐 주지 않는데."

"……너와는, 상관없잖아."

압박을 주듯이 일어나 아즈사에게 한 걸음 다가오는 료마.

아즈사는 굳이 자기 쪽에서도 한 걸음을 좁혔다.

"상관, 있어. 아즈사에게도 참견할 권리 정도는 있다고."

의연하게 가슴을 펴고 이를 악물며 작은 주먹을 꽉 움켜쥐었다.

그리고는 눈을 질끈 감고 쥐어짜듯이…… 작은 목소리로 소리쳤다.

"왜냐하면, 아즈사는 료마 오빠를 좋아하니까!"

마침내 그녀는 그 한마디를 입에 담았다.
계속 마음속에 숨겨놓았던 감정을 폭발시켰다.
"…………뭐?"
한편 료마는 무슨 말을 들은 건지 이해하지 못한다는 듯 얼떨떨한 얼굴이었다.
"어? 뭐라고? 미안해, 못 들었어."
너무 갑작스러웠기 때문에 귀에서 놓쳐버린 모양이었다.
지금이라면 아무 말도 안 했다고 할 수도 있지만…… 아즈사는 거듭 말을 던져 료마가 착각하지 않도록 못을 박았다.
"좋아한다고 했어! 물론 남자로서야. 오빠처럼 좋아한다거나 그런 게 아니라. 데이트도 하고 싶고, 손도 잡고 싶고, 키스도 해보고 싶어……. 한 명의 남자로서 료마 오빠를 좋아해!"
평소에는 은근슬쩍 호의를 보여도 료마는 흘려넘길 뿐이었다.
이번에도 그렇게 되는 게 무서워서 아즈사는 일부러 고백을 거듭했다.
"그러니까 이제 시모츠키는 잊어버려……. 꼴사나운 료마 오빠는 보고 싶지 않아. 항상 멋있는 료마 오빠로 있으란 말이야."
최선을 다해 마음을 전한다.

심장은 이미 병에 걸린 것처럼 심하게 쿵쿵거렸고, 방심하면 토해버릴 듯 긴장했다. 움켜쥔 손바닥에서는 땀이 맺히고 호흡도 조금 전부터 얕고 빠르다. 눈도 깜빡일 수 없을 만큼 아즈사는 료마에게 신경을 집중시켰다.

작은 소녀가 모든 힘을 쥐어짜서 마음을 전했다.

그 곧고 순수한 애정은 어떤 인간도 치유하는 '약'이 될 수 있다.

당연히 류자키 료마 역시——그렇게 되어도 이상하지는 않다.

"……고마워. 아즈사의 마음, 잘 전해졌어."

문득 료마의 얼굴이 풀어졌다.

기쁘다는 듯 웃어주는 그를 보며 아즈사는 눈물이 나올 만큼 환희가 치밀었다.

"그, 그럼……!"

마침내 이루어졌다.

좋아하는 감정이 료마에게 전해졌다——그렇게 생각했는데.

"——하지만, 미안해."

아즈사의 마음은 짓밟혔다.

애정은 확실히 전해졌다. 하지만 료마는 아즈사의 그 마음에 보답하지 않았다.
"나는 역시 시호를 좋아해……. 그러니까 이런 마음으로 아즈사와 사귈 수는 없어. 이렇게 좋아해 주는 아즈사에게 실례잖아."
그렇게 말하면서도 료마는 웃었다.
기쁘다는 듯한 미소는 오히려 기괴해서 아즈사의 머리가 새하얘졌다.
"…………그렇, 구나."
횡설수설 맞장구를 치는 것만으로도 버거워서 이 이상 아무 생각도 할 수 없어졌다.
그런 그녀에게 료마는 계속 말을 이어갔다.
"하지만 고마워……. 아즈사가 좋아한다고 말해줘서 왠지 구원받은 기분이야. 그래, 지금의 나는 꼴사나워……. 아즈사가 좋아해 준 나는 더 멋있는 사람이었지. 그러니까 이 이상 못난 모습은 보이지 않을게. 약속이야."
고백을 거절한 것조차도 자신의 동력으로 삼은 료마는 역시나 철저한 '류자키 료마 이야기의 주인공'이었다.
제멋대로고, 독선적.
그런 그이기 때문에 태연하게 소녀의 사랑조차 '이용'할 수 있었다.
지금 그에게 망설임은 없다. 조금 전까지는 자신감을 잃고 추락해 있었지만, 아즈사의 고백을 계기로 그는 자신을 바꿀 수 있었다.

"눈을 떴어. 아즈사가 좋아한다고 말해준 덕분에 간신히 진짜 나를 되찾은 기분이야."

즉…… 류자키 료마는 아즈사의 사랑을 양분으로 '각성'을 이루었다.

순수한 마음은 약으로서 작용하였지만, 료마의 독은 너무 강했다.

약의 항체를 생성하여 한층 흉악함이 더해진 독이 되어 아즈사를 침범했다.

결과 그에게 의존하던 아즈사는…… 마약을 남용한 것처럼 망가져 갔다.

"료, 료마 오빠가, 기운을 되찾았다면, 그걸로 됐어……."

마음에도 없는 말을 하면서도 그 눈동자는 흔들렸다.

필사적으로 수습한 미소는 일그러져있었다.

그런데도 료마는 그런 이변을 깨닫지 못했다.

그에게 이번 이벤트는 상쾌한 청춘의 한 페이지에 불과했다.

"아즈사……. 나는 너를 동생처럼 사랑해. 한 명의 여자로서 보는 건 아니지만, 앞으로도 계속 '오빠'로서 네 곁에 있을게!"

그런 잔인한 말을 하며 료마는 아즈사의 머리에 손을 올렸다.

"그럼 멋있는 료마 오빠를 지켜봐 줘……. 제대로 시호에게 마음을 전하고 올게. 정말 고마워, 아즈사!"

——나를 위해서 수고했다. 마치 그렇게 칭찬하듯 아즈사의 머리를 쓰다듬은 뒤 료마는 그 자리를 떠나갔다.

"…………."

완전히 모습이 사라진 뒤에도 아즈사는 잠시 그 자리에 선 채 움직이지 못했다.

한 걸음이라도 움직였다간 자신이 망가져 버릴 것처럼 마음이 삐걱거렸다.

료마에게 짓밟혀서 너덜너덜해진 아즈사의 마음은 당장에라도 바스러질 것 같았다.

하지만——그녀에게는 이럴 때 버팀목이 되어주는 사람이 있었다.

"……아즈사, 괜찮아?"

다정한 목소리에 의식이 돌아온다.

료마와 다르게 배려로 가득한 말이 아즈사의 무너져가던 마음을 잡아주었다.

"오빠……. 아즈사, 힘냈지?"

"응. 아즈사는 열심히 했어."

"그치. 아즈사, 열심히 했는데…… 정말로, 좋아했는데."

뒤늦게 고백을 거절당한 충격이 밀려들었다.

혼자서는 견딜 수 없었기 때문에 생각하지 않으려고 했다.

하지만 계속 지켜봐 주었던 코타로가 지탱해 주었기에 간신히 마주 볼 수 있게 되었다.

"으…… 으윽, 아———!!"

그리고 그녀는 소리 내어 울었다.

웅크려서 오열을 흘리며, 닦아도 닦아도 계속 흐르는 눈물로 뺨을 적셨다.

코타로는 그런 아즈사의 등을 문지르며 위로해주었다.

이렇게 한 서브 히로인의 러브 코미디가 끝났다.

너무나도 잔인하게 상처받은 서브 히로인의 눈물은 차마 볼 수 없을 만큼 안쓰러웠다.

◆

"히끅, 끄읍……!"

류카지에게 차인 뒤 아즈사는 계속 울고 있다.

밤의 숲속에 그녀가 흐느끼는 소리가 울려 퍼졌다.

"……지금은 무척 괴로울지도 모르지만."

우는 그녀를, 최선을 다해 응원했다.

"아즈사라면 분명 그 아픔을 뛰어넘을 수 있을 거야. 그때 또 다른 시점으로 만사를 생각할 수 있게 되겠지……. 아직 전부 끝난 건 아니야."

류자키와의 사랑이라는 '러브 코미디'는 끝났어도 인생

은 끝나지 않는다.
언젠가 분명 행복을 잡을 기회는 온다.
그러니까 몸부림쳐. 기어올라. 아픔과 슬픔을 밑거름으로 한 번 더 일어나.
그것만이 아즈사가 행복해질 수 있는 단 하나의 길이다.
하렘 주인공을 사랑한 서브 히로인이 보답받으려면 많은 아픔을 극복하고, 마음을 접고, 받아들일 수밖에 없다.
솔직히 말하라면, 나는 아즈사가 평범한 소녀로서 평범한 소년을 좋아하며 평범한 행복으로 만족하길 바란다.
어느 쪽을 선택할지는 아즈사에게 달렸지만.
다만, 어떤 길을 선택해도 나는 네 편이야.
"힘내……. 오빠는 항상 지켜볼게."
"————윽."
여전히 흐느끼는 아즈사가 무슨 기분인지는 모른다.
하지만 분명…… 아픔을 안 그녀에게라면 내 마음이 전해졌을 거라고 믿는다.
"그럼 슬슬 갈게. 다 울면 돌아와."
마지막으로 부드럽게 어깨를 두드린 뒤 나는 아즈사에게 등을 돌렸다.
물론 혼자 두는 건 걱정이었지만, 이 이상은 아무것도 해줄 수 없다.
아즈사의 사랑은 아즈사가 혼자 극복해야만 한다. 부디

떨치고 일어나기를 믿으며 나는 그 자리를 뒤로했다.

이렇게 아즈사의 마음은 산산조각이 났다.

류자키의 뒤틀림을 치유할 약이 되어줄 수 있었던 아즈사의 애정은 류자키를 증폭시키는 도핑제가 되어버렸다.

덕분에 류자키 료마는 '주인공'으로서 각성했다.

평범한 소년으로서 평범한 행복을 누리는 걸 받아들이지 않았다.

그 오만함이…… 아즈사의 마음을 이용하는 듯한 행위를 도저히 용서할 수 없었다.

'적어도 시모츠키는 지키고 싶어.'

엑스트라 주제에 무슨 소릴 하는 거냐――마음속에 있는 객관적인 내가 냉소했지만, 그걸 무시하며 주먹을 움켜쥐었다.

'류자키……. 이 이상 네 믿음대로 흘러가게 두지 않아.'

이제 방관자에서 머무르는 건 한계였다.

제6화
계속 엑스트라일 수는 없다

광장으로 돌아가자 이미 캠프파이어에 불이 붙어있었다.

층층이 쌓아 올린 나무에 둘러싸인 불이 주변을 밝게 비추고 있다. 바로 앞에는 간이 무대 같은 게 설치되어 있는데, 마이크를 든 스즈키 선생님이 서 있었다.

"크흠, 지금부터 희망하는 사람은 누구나 참가할 수 있는 장기자랑 대회를 시작합니다! 자고 싶은 사람은 방에 돌아가도 되지만 남아있는 사람은 꼭 봐주세요. 그럼 이후 진행 부탁합니다~."

……왠지 불길한 예감이 드는 이벤트다.

각성한 류자키가 무슨 행동을 저지를지 알 수 없으니 아무튼 우선 시모츠키와 합류하고 싶다.

하지만 그녀의 모습을 찾아도 전혀 보이지 않았다.

혹시 여기에 안 왔나?

담력 시험 동안에는 어딘가에서 쉬고 있었을 거야. 그대로 잠들어버렸을지도 모르고.

――아니, 그런 식으로 류자키에게 불리한 일이 일어날 리가 없나.

낙관적인 사고는 위험하다. ……먼저 시모츠키의 행방을 알고 있을 스즈키 선생님에게 이야기를 물어보는 게 좋을지도 모른다.

"어? 시모츠키? 조금 전까지 방에서 쉬고 있었지만 바로 회복한 것 같았으니까…… 어쩌면 와 있을지도 모르겠네."

그런 대답을 듣고 회장을 돌며 찾아보았다.

"이어서 3반의 타나카가 저글링을——."

그러는 동안에도 시간은 흘러간다.

무대에서는 이미 장기자랑 대회가 시작되어서 개그와 곡예 같은 걸 선보이고 있었다.

대충 30분 정도 지났을까. 믿어지지 않게도 그만큼 시간이 지났는데도 나는 아직 시모츠키를 발견하지 못했다.

왜 안 보이는 건지 고개를 갸웃거리고 있었더니 벌써 이벤트도 종료 시각이 다가왔다.

"슬슬 마지막 순서가 될 것 같은데, 누구 참가하고 싶은 사람 있나요?"

그때였다.

"……아, 찾았다!"

간신히 시모츠키의 모습을 발견했다.

그녀는 무대 근처에서 누군가를 찾는 것처럼 주위를 두리번거리고 있었다.

다만 내가 있는 위치는 무대에서 가장 떨어진 맨 뒤쪽. 심지어 그사이에는 상당한 수의 학생이 있으니, 그녀 곁으로 가기에는 조금 시간이 걸릴 것 같았다.

하지만 여기까지 왔으니까 괜찮겠지. ……그렇게 방심한 내가 멍청이였다.

"——1학년 2반 류자키 료마. 사실은 갑작스럽지만…… 어릴 때부터 계속 좋아했던 사람이 있어. 이 자리를 빌려서 마음을 전하게 해줘."

퍼뜩 놀라 고개를 들자 마이크를 들고 무대에 서 있는 사람은…… 역시 류자키 료마였다.

'큰일이다.'

그 결의에 찬 표정을 보고 숨을 삼켰다.

각성한 주인공님은 말로 표현할 수 없는 존재감을 두르고 있었다.

그게 사람들의 시선을 끌어모았다.

잡담하던 여학생도, 회장 구석에 누워있던 남학생도, 졸린 듯 하품하던 교사도 예외 없이 류자키 료마에게 시선이 빨려 들어간다.

"많은 사람 앞에서 말하는 건 부끄럽지만…… 그, 뭐냐. 대놓고 말하자면, 지금부터 고백할 거야."

……설마 이런 상황에서 저렇게 나올 줄은 생각지도 못했다.

이건 생각할 수 있는 상황 중에서 가장 나쁜 상황이었다.

"그러니까 무대로 올라와 줘…… 시호!"

부르는 목소리와 동시에 우연히 무대 근처에 있던 소녀

에게 시선이 모여들었다.

그 순간――시모츠키가 얼었다.

"…………."

그녀는 그저 말없이 무대를 올려다보고 있다.

그 몸은 꿈쩍도 하지 않는다. 마치 정말로 얼음이 된 것처럼.

무리도 아니다. 시모츠키는…… 다른 사람이 가까이 있으면 아무런 말도 하지 못하게 될 정도로 '낯가림'이 심하니까.

지금 시모츠키는 무언가를 하고 싶어도 할 수 없는 상태로 보였다.

『곁에 있어 줘.』

약속한 대로 내가 곁에 있었다면 그녀의 낯가림도 조금은 누그러들어서 제대로 대응할 수 있었을지도 모르는데.

'막아야 해!'

나 때문에 시모츠키가 괴로워하고 있다.

그래서 내가 어떻게든 해줘야 한다. 그건 알고 있다.

하지만――목이 짓눌려버릴 것처럼 아팠다.

"윽!"

목소리가 나오지 않는다. 내가 무언가 말을 하려고 해도 누군가가 틀어막고 있는 것 같았다.

그렇다면 다리!

목소리가 안 나온다면 내가 무대에 난입하면 된다. 그러면 류자키를 방해할 수 있다.

그건 알고 있다. 알고 있는데도……!

'――안 움직여져.'

무겁다. 누군가가 나를 짓누르는 것 같은, 위에서 가하는 압력을 느낀다.

물론 그건 눈에 보이지 않는 것이고, 어쩌면 착각인지도 모른다.

하지만…… 이렇게 노골적인 건 아무리 그래도 너무 이상하다.

'러브 코미디의 신은 그렇게 류자키가 방해받는 게 싫은 거냐……!'

소위 '편의주의'라고 불리는 현상이 일어났다.

내가 움직이면 류자키의 러브 코미디에 불리한 거겠지.

『이제 엑스트라의 역할은 끝. 거기서 얌전히 있어.』

마치 그런 명령을 받은 것처럼 몸이 뜻대로 움직여지지 않았다.

'이래서였냐……. 아즈사의 부자연스러운 고백 타이밍도, 시모츠키와 좀처럼 합류하지 못했던 것도 전부 이 순간을 위해서였냐고!'

어쩐지 이상했었다.

버스에서 아즈사는 캠프파이어 때 고백한다고 했었는데

실제 타이밍은 캠프파이어를 준비할 때였다.

그렇게 넓지 않은 광장에서 시모츠키와 합류하지 못한 것도 지금 생각해 보면 상당히 이상하다.

'당했어……. 빨리 가야 하는데.'

발버둥 쳤다. 강제력에 저항하려고 이를 악물었지만 한 걸음도 앞으로 내디딜 수 없다.

그래서 나는 무대 위를 바라볼 수밖에 없었다.

"시호, 와 줄래? 내 마음을 들어줘."

류자키가 시모츠키를 무대로 불렀다.

그녀는 잠시 무표정으로 그 자리에 서 있었지만, 이윽고 비틀거리는 발걸음으로 무대에 올라갔다.

시모츠키는 명백하게 정상적인 상태가 아니다.

하지만 나 말고는 이 자리에 있는 모두가 그 사실을 눈치채지 못한 모양이다.

다들 고백의 결말을 기다리고 있다.

아무래도 '그 인기남 류자키가 드디어 고백'하는 상황이 지금이니까.

괜한 참견으로 방해하는 게 이상하다고, 그런 분위기가 조성되었다.

"시호, 갑자기 미안해……. 하지만 지금이 아니면 안 된다고 생각했어. 내 마음을 똑바로 말할 테니까 들어줘."

시모츠키가 무대로 올라가자 바로 고백이 시작되었다.

흥분한 건지 류자키의 얼굴은 아주 밝았다.

"…………."

반면 시모츠키의 표정은 새하얗게 질려있었다.

그 투명함이 시모츠키의 미모를 돋보여줘서 학생들의 시선을 빼앗았다.

이 자리에 있는 모두가 아름답다고 느낀다.

그 얼굴이 그저 굳어있을 뿐이라는 사실은 나 말고는 아무도 모른 채…… 류자키는 고백을 이어갔다.

"초등학교에 들어가기 전부터 이미 좋아했었어. 예쁜 백은발도, 투명한 하늘색 눈동자도, 새하얀 피부도, 작은 몸도, 전부 매력적이었지. 물론 외모만이 아니라 내면도 마찬가지야. 얌전하고 말을 거의 하지 않는 점도, 혼자 노는 걸 좋아하는 점도, 병약해서 내버려 둘 수 없는 점도, 전부 다 좋아해."

……참 너무한 고백이다.

그야말로 어릴 때부터 알고 지낸 사이인 주제에 너는 시모츠키에 대해 아무것도 모른다.

아즈사의 고백과는 비교가 되지 않을 정도로 얄팍한 마음이다.

그런데도 '류자키가 말했다'는 이유만으로 그 말에 가치가 있는 것처럼 느껴지는 게 소름 돋았다.

"……계속 말하지 않아도 전해지고 있다고 믿었어. 소꿉친구라는 입장에 자만했던 거겠지……. 시호라면 알고 있을 거라고 착각했어."

아니. 시모츠키는 말하지 않아도 마음을 알아준다. 감수성이 예리한 사람이다.

하지만 류자키는 자기에게 유리하도록 사실을 비틀어놓는다.

"정말 바보야……. 나에게 시호는 특별한 존재였지만, 시호에게 나는 딱히 그렇지 않았어. 그래서 시호는 나를 잘 몰랐고, 좋아하지도 않았던 거지."

『이해했다면 싫어할 리 없다. 시호는 나를 아직 모르니까 좋아하지 않은 것뿐이다.』

류자키 안에서는 그렇게 되어있는 모양이었다.

"시호는 기가 약한 구석도 있고, 적극적이지 않으니까…… 다른 사람에게 휩쓸리기도 하지. 그래서…… 그 녀석이 무작정 고백한 걸 그만 의식해버린 거지? 거절해서 미안해하는 거라고…… 나는 알아. 그 탓에 무시할 수 없어서 처음에는 마지못해 어울려줬던 거지."

……그 녀석이란 틀림없이 나다.

"지금까지는 시호에게 접근하는 날파리는 전부 내가 쫓아냈지만, 그 녀석은 교활해서 내 감시를 속였으니까."

어디까지나 시모츠키가 나에게 마음을 열게 된 건 우연이라고 주장하고 싶은 걸까.

그런 거라면…… 너무나도 착각이 과하다.

하지만 그걸 정정할 수 있는 사람은 이 자리엔 아무도 없다.

그래서 류자키의 이야기는 '사실'로서 주변에 인식된다.

"알아챘을 때는 이미 늦어버렸어. 시호는 내가 아닌 사람을 선택하려고 했지……. 소꿉친구로서 충격이 아니었다고 한다면 거짓말이야. 그 녀석에게 웃어주는 시호를 보면 가슴이 아팠어. 나는 졌다고――자포자기했었지."

그대로 주저앉아있었다면 얼마나 좋았을까.

뭐, 주인공님께서 계속 좌절해있을 리는 없었던 거지만.

"그런 때 어떤 사람에게 지금의 나는 꼴사납다고 들었어. 평소의 나는 더 멋있는 사람이라고――기쁜 말을 해주었지. 설마 그 사람이 나를 그런 식으로 생각하고 있을 줄은 몰라서 놀랐어."

그리고 다음으로 나온 건 아즈사의 '고백'이었다.

"그때 깨달은 거야. 인간은 말로 하지 않으면 마음이 전해지지 않는다고. 즉 내 마음은 시호에게 전해지지 않았으니까, 제대로 고백하기로 했어. 응…… 나는 졌다고 믿었지만, 실제로는 승부조차 시작하지 않았던 거야. 그 상태에서 포기하다니, 그 애도 나답지 않다고 하겠지."

……그렇구나.

류자키. 너는 아즈사의 필사적인 고백을 그런 '미담'으로 바꿔버린 거냐.

아즈사의 마음은 고려하지 않는 그 사고방식은 으스스할 정도로 이상하다.

"솔직히 늦었다는 건 알아. 시호의 마음은 이미 기울었고……. 아니, 이제 와서 그 녀석에게 실례라고 생각하지? 하지만 연애라는 건 원래 그런 거니까 내 마음도 제대로 받아들여 줘."

그리고 류자키의 고백은 추한 전개를 보였다.

"지금 대답을 들려줘. ……안 된다면 앞으로 나를 좋아하게 되도록 노력할게. 하지만 만약 내 마음을 받아들여 준다면――소꿉친구가 아니라 애인이 되어주지 않을래?"

뭐라고 대답하든 앞으로 류자키는 시모츠키에게 적극적으로 행동할 것이다.

자기를 좋아해달라고 대시하겠다는 거지.

그러면 분명 시모츠키가 류자키를 좋아하게 될 거라고 의심하지 않는다.

하지만 그녀는 류자키를 잘 알고 있다. 잘 알면서 너를 피한 거다.

그러니 제대로 부정하고, 거절해서 류자키의 민폐 행위를 막고 싶을 것이다.

"…………."

하지만 시모츠키는 아무 말도 하지 못했다.

그저 말없이, 눈도 깜빡이지 못하는 가운데 무표정으로 류자키의 말을 듣고 있다.

아마도…… 낯가림을 하지 않을 때의 그녀라면 지금 한 말을 전부 부정했을 것이다. 그러지 못하는 건 이 상황이 너무 이상하기 때문이다.

이렇게나 수많은 시선 앞에서 그녀가 반박할 수 있을 리가 없다.

아마 이것조차 '편의주의'의 짓이겠지.

그녀가 정상적인 상태라면 류자키의 고백을 거절하고 끝이니까.

『류자키 료마의 러브 코미디는 끝나지 않는다. 이대로 계속 연장한다.』

그런 의사가 있는 것 같은 느낌이 든다.

예를 들어 시모츠키가 아무 말도 하지 못한 채 넘어간다고 하자.

그 후 시모츠키는 류자키의 열렬한 대시를 받게 될 것이다. 그 과정에서 조금씩 독이 침투하듯이 생각을 조작당해서, 이윽고 류자키를 좋아하게 된다——그런 시나리오가 이어져도 이상하지 않았다.

과연 그 끝에 시모츠키가 행복해지는 미래가 기다리고 있을까?

……아쉽게도 내가 보기엔 아니다.

류자키는 시모츠키를 전혀 이해하지 못했으니까. 자신의 인식으로만 만사를 볼 수 있는 편향적인 인간과 같이 있으면서 행복해질 수 있을 거라는 생각은 전혀 들지 않는다.

'막아야 해……. 이대로 끝나게 하면 안 돼!'

그건 안다. 하지만 몸은 역시 움직여지지 않았다.

무언가에 짓눌리는 듯한 감각은 시간이 지날수록 강해졌고…… 그게 마치 류자키의 주인공 기질이 강해질수록 세지는 것 같아서 좌절할 것 같았다.

'젠장! 역시 나는 아무것도 할 수 없는 건가……?'

——엑스트라치고는 많이 노력했어.

——이제 힘든 일은 하지 마.

마음속에 있는 객관적인 내가 그렇게 말한다.

그 녀석은 계속 내 인격을 지배하던 '엑스트라' 나카야마 코타로다.

지금까지 그랬던 것처럼 이 녀석 말대로 하면 편해질 수 있다.

하지만 그런 건 싫다.

시모츠키를 만났으니까.

그녀와 보내는 즐거운 시간을 알아버렸으니까.

더는 허무하고 고독한 그때로는 돌아가기 싫다.

그러니까——움직여!

'――――윽.'

그렇게 스토리의 강제력에 저항하고 있을 때였다.

문득 시모츠키의 얼굴이 시야에 들어왔다.

그리고 그 입술이 희미하게 움직이는 걸 알아차렸다.

물론 거리가 떨어져 있으니 목소리는 안 들린다. 하지만 그 움직임은…… 신기하게도 그녀의 마음을 나에게 전해 주었다.

『나카야마.』

내 이름을 하염없이 반복하고 있다.

그 순간 불현듯 몸에서 힘이 빠졌다.

"……응, 들렸어."

시모츠키만큼 귀가 좋은 건 아니다.

하지만 계속 그녀를 봐왔기 때문에 알았다.

시모츠키는 나에게 도움을 요청하고 있다.

이 상황에서 나를 가장 의지하고 있다.

나에게 기대하고 있다.

그러니까…… 보답하고 싶다.

동시에 내가 이상하리만치 힘을 세게 줬고, 그래서 몸이 뜻대로 움직여지지 않았다는 걸 이해했다.

나는 또다시 스토리의 '노예'가 되었던 모양이다.

자신을 움직이지 못하게 막아 류자키에게 유리한 전개를 만들려고 했다.

하지만…… 시모츠키가 그런 나를 바꿔주었다.

“기다려. 지금, 도우러 갈게.”

무대에 들릴 리가 없을 만큼 작은 목소리로 속삭였다.

하지만 귀가 좋은 시모츠키는…… 흠칫 놀란 듯 내 쪽을 보았다.

하늘색 눈동자가 보이는 것과 동시에 몸에 활력이 샘솟았다.

“——한심하기는. 이런 식으로 고백해도 된다고 생각해?”

그리고 나는 마침내 목소리를 높였다.

그리 큰 소리는 아니었다.

하지만 정적에 휩싸인 가운데 분위기와 맞지 않는 발언은 유난히 크게 울려 퍼졌다.

——딸깍.

머릿속에서 소리가 들린다.

그건 내 캐릭터를 바꾸는 스위치였다.

아무래도 나는 아무것도 못 하는 ‘엑스트라’는 그만둔 모양이다.

류자키 료마. 소설에는 배드 엔딩도 있다는 걸 아냐?

히로인들을 불행하게만 만드는 너의 러브 코미디에 해피 엔딩 같은 건 안 어울려. 그런 건 내가 절대로 용서 못 해.

그러기 위해서라면 '엑스트라'가 아니라 네가 원하던 '적 캐릭터'가 되어서 네 러브 코미디를 저지해주마.

◆

그녀를 지키기 위해서라면 나는 무엇이든 할 수 있다.

예를 들어 스토리를 망가트리는 '악역'도 될 수 있다.

"류자키. 너는 진짜 비겁한 인간이야……. 고백을 들어 주기조차 끔찍할 정도라고."

천천히, 무대를 향해 걸어갔다.

한편 고백을 방해받은 류자키는 호전적으로 웃었다.

"역시 나왔구나. 나카야마, 네가 가만히 지켜볼 리 없다고 생각했어. 어때? 마음이 급해? 이겼다고 방심했더니 내가 이렇게 대담한 짓을 해서 당황했지?"

승리자의 감상에 젖은 중에 미안하지만, 문제는 그게 아니다.

"너, 대체 왜 이런 상황에서 고백하는 거야? 시모츠키를 좋아한다고? 아니지. 정말 좋아한다면 넌 이래서는 안 됐지."

무대에 올라가 정면으로 류자키를 노려보았다.

당연히 관객인 학생들은 한창 좋을 때 방해하지 말라며 나에게 미심쩍은 시선을 보내고 있었지만, 그건 무시했다.

나는 그저 시모츠키를 지키고 싶다.

"뭐? 느닷없이 무슨 소리야? 무슨 말이 하고 싶은 건데? 고백은 언제 어떤 상황에서 해도 똑같잖아? 애들 앞에서 한 건 그만큼 내가 진심이라는 각오를 보여주기 위해서라고."

"넌 그렇게 항상 자기 생각만 하지. 독선적이고, 자기중심적이고, 자기 기분만을 생각해."

"……내 고백에 너무 놀랐나? 도무지 이해할 수가 없군. 이제 그만해. 질 것 같다고 당황해서 떠들지 말고."

"넌 내가 당황한 걸로 보여? 그렇게 넌 항상 네 생각만 하니까 다른 사람에게 아무렇지 않게 상처를 주는 거야. 눈이 있으면 봐라. 네가 좋아하는 사람이 지금 어떤 표정인지, 정말 모르겠어?"

그렇게 말하며 시모츠키의 손을 잡았다.

"———윽."

그때였다.

"히끅…… 흐윽."

계속 무표정이었던 그녀는…… 내 손이 닿자마자 굵은 눈물을 뚝뚝 흘렸다.

나에게 무언가 말하려고 했지만, 오열이 그걸 방해했다. 눈물도 끊임없이 흐르고 있으니, 지금은 아무 말도 하지 않아도 된다고 그녀의 등을 문질러주었다.

이렇게 울어버릴 만큼 시모츠키는 정상적인 상태가 아

니었다.

“시, 시호? 왜…… 우는 거야?”

이렇게 예쁜 아이가 눈물을 흘리는 모습은 보기만 해도 마음이 아주 아파진다.

류자키는 물론, 나를 비롯해 회장에 있던 아이들도 안쓰럽다는 표정이 되었다.

흐름이 바뀌고 있다.

나는 이 자리의 이물질에 불과했지만, 이제 모두가 시모츠키를 동정하는 분위기로 변화했다.

류자키를 무조건 긍정하던 이상한 분위기가 깨지기 시작했다.

“어떻게 된 거지?”

“시모츠키, 울잖아……?”

“뭐, 뭔가 이거 이상하지 않아?”

“아니, 고백이라는 느낌이 아닌데?”

분위기가 움직이기 시작한다.

나는 주목을 모으기 위해 다시 목소리를 높였다.

“네게 고백은 그저 ‘퍼포먼스’야? 넌 고백받은 여자애가 극도로 낯을 가려서 다른 사람의 기척만으로도 움찔거리는 사람일지도 모른다는 걸 상상해본 적 없어?”

나는 아이들에게도 말을 걸듯이 말을 이어갔다.

기왕이면 모두에게도 알리고 싶었다.

시모츠키 시호라는 소녀가 그저 예쁘기만 한 게 아니라는 걸……. 그녀는 확실히 특별하지만, 동시에 '평범한 소녀'이기도 하다는 걸 알아주길 바랐다.

"시모츠키는 그런 사람이야. 그러니까 이런 짓은 하지 마. 왜 소꿉친구면서 그런 것도 모르는 거야? 구경거리처럼 고백받으면서 애가 태연할 수 있을 리 없잖아?"

계속 둔감하게 살지 마라.

편의주의로 무마하는 건 용서할 수 없다.

아무도 그걸 질타하지 않는다면, 내가 하겠다.

엑스트라의 주제에 맞지 않는다면, 나는 기꺼이 너의 적 캐릭터가 되겠다.

시모츠키를 지킬 수 있다면, 나는 네 러브 코미디에 저항하겠다.

"……나카야마, 미안해. 저기, 그게……."

"알고 있어. 자, 심호흡하고…… 괜찮아. 내가 전부 전해 줄 테니까…… 내 뒤에 있기만 하면 돼."

무언가 말하려는 그녀를 가로막고 안심시키기 위해 웃었다.

"……응, 알았어."

그러자 시모츠키는 내 뒤로 자리를 잡았다. 그리고는 내 저지 자락으로 꼬물꼬물 무언가를 하고 있다. 문득 신경 쓰여서 쳐다보자 눈물과 콧물을 닦고 있었다. ……야.

이런 상황에서 엉뚱한 짓을 하는 시모츠키를 보니 무심코 웃음이 나올 것 같았다.

하지만 아직 마음 놓고 웃을 때가 아니다. 나는 다시 류자키에게 시선을 옮겼다.

"시호가, 낯을 가려? 기가 약해? 아니, 그럴 리가……. 시호는 과묵하고, 혼자 있는 걸 좋아하고, 남에게 관심이 없는 고고한 존재인데……? 그래서 나도 돌아보지 않았고, 다른 사람과 대화하는 것도 싫어했던 거잖아? 무슨 소릴 하는 거야……?"

류자키는 아직 자신의 착각에 매달리고 있었다.

하지만 이미 류자키에게 설득력은 없다.

그 믿음이 '오해'였다는 걸 시모츠키의 눈물과 태도가 증명하고 있으니까.

"너는 항상 너 좋을 대로만 해석해 왔지. 시모츠키가 과묵해? 혼자 있는 걸 좋아한다? 남에게 관심이 없어? 아니. 그녀는 수다스럽고, 친구를 바랐고, 남에게 항상 흥미진진했어. 다만 기가 약하고 낯가림이 심해서 한 걸음 내디딜 용기가 없었던 것뿐이야."

나는 오해를 전부 정정했다.

"그럴 리가! 그럼 왜 나한테 차가웠던 건데?! 남에게 관심이 있다면, 친구를 사귀고 싶다면, 대화하고 싶다면, 나와 하면 되잖아! 소꿉친구이자 누구보다 시호를 잘 아는 나를 왜 받아들여 주지 않았던 거야?!"

"이만큼 말해도 모르겠어?"

불현듯 웃음이 흘렀다.

무의식이었다. 어떻게 해야 류자키에게 시모츠키의 마음을 전할 수 있을지 생각한 결과, 내가 도달한 건 '비웃음'이었다.

"시모츠키는 네 본질을 간파하고 있었어. 자기중심적인 성격, 남의 마음을 이해하지 않는 거만함, 강압적인 선의, 자기는 당연히 사랑받을 거라고 믿는 오만함, 타인의 배려를 눈치채지 못하는 둔감함도 여자애들에게만 무분별하게 잘해주는 바람둥이 같은 부분도 모두. 자기 행동에 무책임하고 독선적인 부분이 그녀는 '불편'했던 거라고."

"마, 말도 안 돼……. 나는 시호의 소꿉친구인데——."

그런 건 상관없다.

주인공 특유의 '착각'은 용서 못 한다.

"——소꿉친구인 게 사이가 좋을 이유는 못 되지. 시모츠키에게 너는 그냥 어릴 때부터 아는 사람이었을 뿐인 남이야……. 이제 그만 그 사실을 받아들이라고."

나는 류자키가 도망칠 길을 틀어막았다.

아무리 주인공이라고 해도 역시 이런 '진실'에는 상처받은 모양이다.

"거짓말이야……. 거짓말, 거짓말, 거짓말!!"

소리치며 핏발 선 눈으로 나를 노려본다.

하지만 그 시선도 한순간이었다. ……저 녀석은 이쪽을 볼 때마다 내 뒤에 숨어있는 시모츠키를 보고 충격을 받았다.

그녀가 선택한 사람이 자신이 아니라는 걸 점차 깨닫는다.

"젠장……! 내가 먼저 만났다고! 내가 가장 먼저 좋아했는데……! 나에게서 시호를 빼앗지 마……! 빌어먹을!"

분통을 터트리는 말이 조용한 회장에 울려 퍼진다.

류자키의 추태는 지켜보기 어려울 만큼 꼴사나웠다.

후우……. 이걸로 어떻게든 류자키 료마가 쓰고 있던 가면을 벗겨냈다.

각성한 직후에 꺾어서 미안하지만, 이제 일반인 '류자키 료마'로 돌아갈 때다.

그렇지 않으면 이 녀석은 시모츠키를 포기하지 않을 것이다.

착각하는 것도, 눈치채지 않는 것도, 얼버무리는 것도 허락하지 않는다.

'시모츠키 시호는 류자키 료마를 특별하게 여기지 않는다'라는 사실을 새겨 넣을 것이다.

그러기 위해 나는 류자키의 맨 밑바닥에 남은 것까지 제거해야 한다.

그건――아즈사가 증폭시킨 류자키의 '자신감'.

저 녀석을 되돌리려던 아즈사의 애정은 류자키 료마의 주인공 기질을 각성하는 '도핑제'가 되어버렸다.

그걸 걷어내야 한다.

"왜 너지? 왜 평범하고 눈에 띄지 않는 엑스트라 따위가, 시호의 '특별한 사람'이 된 거지?! 내가 훨씬 시호에게 걸맞은 상대인데!"

역시, 이 녀석은 이 지경까지 와서도 아직 사실을 받아들이지 못했다.

"시호도, 왜 날 돌아봐 주지 않는 거야……! 나는 시호를 좋아하니까, 다른 여자애들이 대시해도 계속 참았어! 몇 번이나 마음이 흔들렸지만, 항상 직전에 시호의 얼굴이 떠올라서 참았는데! 시호만이 나에겐 특별했는데……!"

류자키의 말에 나는 결국 웃음을 터치고 말았다.

"하하하하! 진짜 어처구니가 없네. 너를 좋아하는 여자애들이 불쌍할 지경이야. 동정심이 들 정도로. 그렇게 그 애들이 필사적으로, 좋아한다는 마음을 표현했을 때, 네가 저지른 짓이 뭐였지? 그래, 못 본 척이었지. 그 애들의 마음을 배신하고! 짓밟고! 걷어차며! 보답할 노력도 안 했어. 근데 네가 순정? ……헛소리 작작 해."

머릿속에 의붓동생의 얼굴이 떠올랐다.

내 소중한 가족에게 상처 준 이 녀석을, 나는 절대로 용서할 수 없다.

"윽, ……순정은 순정이지! 나는 다른 여자애한테 고백 받아도 시호만을 계속 좋아했어! 그러니까 나는 이 고백을 성공시켜야만 하는데…… 그렇지 않으면 고백해준 그 애를 볼 면목이 없다고."

아니, 그건 틀렸다.

"……정말 그 고백에 보답하고 싶었다면, 그 애를 받아들였어야지. 거절한 걸 미담처럼 말하지 마. 상처 준 걸 긍정하지 마. 볼 면목이 없어진다고? 너는 이미 그 애 앞에서 고개를 들 수 없는 짓을 했어!"

더는 아즈사를 이유로 어리석은 발언은 하지 마라.

자기 생각만 하는 주제에 그 이유는 항상 남에게 요구하지.

이번 고백도 아즈사의 고백이 없었다면 어떻게 됐을까? 그 애가 류자키의 자신감을 증폭시키지 않았다면 지금쯤 이 녀석은 여전히 자포자기 상태였을지도 모른다.

적어도 이렇게 무대에 서서 고백하는 오만한 짓은 할 수 없었겠지.

"이제 눈치 좀 채. 그 애는 네가 고백을 거절했을 때 어떤 표정이었어? 웃었어? 정말 그렇게 보였어? 조금 전 시모츠키처럼 울 것 같은 표정은 아니었어?"

아직 머릿속에는 아즈사의 우는 얼굴이 달라붙어 있다.

그 안쓰러운 모습을 나는 절대 잊을 수 없을 것이다.

"보기 싫은 것에서 눈을 돌리는 건 그만해. 류자키, 너 때문에 상처받은 사람이 있다는 걸 잊지 마. 정말로, 진심으로 그 애의 고백이 기뻤다면…… 그 이상 그 애의 감정에 먹칠하지 말라고."

"……윽."

분명 지금의 류자키는 눈치챘다.

자신감을 잃고 실패를 자각한 지금이라면 알 것이다.

아즈사가 울 것 같은 얼굴이었다는 것도 떠올릴 수 있을 테지.

그래서 아무 말도 하지 못하고 고개를 숙일 수밖에 없어진 건지도 모른다.

이로써 주인공의 각성 타임은 끝난 모양이다.

아즈사의 고백이라는 도핑 효과가 끝나고, 원래대로 '류자키 료마'로 내려간다.

류자키 료마……. 너의 같잖은 러브 코미디는 지긋지긋해.

◆

아즈사의 고백으로 자신감을 가진 주인공은 미숙한 자신을 뛰어넘고 각성했다. 클리셰대로 진행되었다면 이대로 해피 엔딩으로 향할 터였다.

분명 오늘이라는 전환점을 거쳐 류자키 료마는 크게 비약할 수 있었겠지.

메인 히로인인 시모츠키를 비롯해 지금은 아직 관계가 모호한 서브 히로인들을 속편에서 차례차례 공략했을 것이다.

하지만 그런 이 녀석을 방해한 건 엑스트라에 불과했던 인간이었다.

나카야마 코타로.

즉 나는 류자키 료마의 유일한 오산이다.

그렇게 이야기는 파탄 났다.

중간까지 어떻게든 형태를 유지하던 류자키 료마의 하렘 스토리는 이물질로 인해 산산조각이 났다.

"아니…… 이럴 수는! 이럴 리가……!!"

그런데도 류자키는 아직 저항하려 했다.

정말로 끈질기다. 내 말을 들은 정도로 끝내고 싶지 않은 건지도 모른다.

역시 이 무익한 이벤트에 막을 내리는 건 그녀의 역할인 모양이다.

"——고마워, 나카야마."

조금 시간이 지나 시모츠키도 간신히 진정된 모양이었다.

계속 내 뒤에 숨어있었지만, 결심한 듯 앞으로 나왔다.

"이제 괜찮아……. 걱정 끼쳐서 미안해."

시모츠키는 내 손을 살며시 잡고, 이번에는 똑바로 류자키와 대치했다.

"이젠 내가 말해야 해."

각오를 다진 시모츠키는 평소의 그녀였다.

이제 내 도움은 필요 없다. 나는 지켜보기로 했다.

"저기, 류자키……."

역시 류자키를 상대하는 건 조금 긴장되는 건지 목소리가 작았다.

하지만 열심히 쥐어짠 목소리는 류자키에게도 제대로 들렸다.

이래서야 '어? 뭐라고?'라고 못 들은 척은 하지 못할 테지.

"시, 시호……?"

류자키는 움찔거렸다.

하지만 어딘가 기대하는 눈으로 시모츠키를 보았다.

아직 그녀 본인의 입으로는 아무 말도 듣지 못했으니 조금이라도 역전의 가능성이 있다는 듯이.

물론 그런 전개가 올 리 없지만.

"류자키. 네 마음은 이해했어. 그러니까 제발 들어줘."

아마 이 스토리에서 처음으로 메인 히로인이 주인공에게 본심을 말하는 장면.

아니, 류자키의 러브 코미디 속 '메인 히로인'이 아니라, '시모츠키 시호'로서의 감정이 나오는 순간이었다.

"어릴 때부터 너는 많은 사람에게 사랑받았지만…… 한 번도 그 애정에 고마워하는 류자키를 본 적이 없어. 나는 그게 아주 슬픈 일이라고 생각해. 내가 만약 너를 좋아한다면…… 더 제대로 마주 봐주길 바랄 테니까."

그건 어쩌면, 류자키를 사랑한 모든 '히로인'을 대변하는 말인지도 모른다.

시모츠키가 만약 류자키를 좋아하는 스토리가 있다고 해도 그녀는 류자키에게 만족하지 못한다고 단언했다.

"자기만이 아니라 다른 사람을 더 배려할 수 있는 사람이 되길 빌어."

독선적인 류자키가 하지 못하는 일은 그녀에게도 가장 중요한 것이다.

"그러면 분명 류자키에게서 나는 소리도 맑아질 테니까."

하지만 그렇지 않은 지금――시모츠키에게 류자키는 좋아할 수 없는 존재다.

"나는 네 마음을 받아들일 수 없어."

그렇게 시모츠키가 자신의 손으로 끝을 내밀었다.

"……어릴 때부터 별로 안 좋아했어. 지금까지 말해주지 못해서 미안해."

본인에게 듣자 아무리 류자키라고 해도 받아들일 수밖에 없었다.

"――――윽."

그 녀석은 아무 말도 하지 못하고 무대에서 내려갔다.
그대로 아무도 없는 방향으로 비틀비틀 걸어갔다.
그런 류자키를 쫓아가는 사람은 이제 없다.
조금 전엔 아즈사가 쫓아가서 그 녀석에게 용기를 불어 넣어 주었지만.
다른 서브 히로인들조차 이젠 류자키 료마를 구원하기는 어렵다고 생각한 모양이다.
이게 하렘 주인공의 말로다.
마음을 배신하고, 짓밟고, 눈치채지 못한 척한 결과……
정나미가 떨어지고 말았다.
……이리하여 류자키 료마의 러브 코미디가 끝났다.
예정해놓았을 플롯보다도 싱겁게, 류자키 료마의 하렘 러브 코미디가 막을 내린다.

제7화
나만의 주인공

무대를 내려와 창고로 보이는 조립식 건물들이 즐비한 곳으로 이동했다.

캠프파이어가 열린 광장에서 조금 떨어진 덕분인지 인기척도 없다.

여기까지 온 뒤에야 우리는 어깨에서 힘을 뺄 수 있었다.

"하아……. 어쩐지 피곤해."

시모츠키는 한숨을 쉬며 하늘을 올려다보았다.

아주 조금 푸른빛이 도는 보름달을 보며 그녀의 눈이 가늘어졌다.

"설마 이런 일이 벌어지다니……. 하아, 실컷 울었네."

달빛을 받은 그녀는 빨개진 얼굴을 가리듯이 두 손으로 얼굴을 덮고 있었다.

"……저기, 나 지금 못생기지 않아? 너무 울어서 눈이나 코가 빨개졌을 것 같아. 이런 얼굴을 나카야마에게 보여줬다니 창피해."

"……안 이상해. 시모츠키가 못생겼다고 생각한 적 없어."

한숨 돌린 덕분에 긴장이 풀린 건지 나는 평소엔 거의 하지 않는 말을 입에 담았다.

"시모츠키는 소설 속 공주님처럼…… 손이 닿지 않는 절벽 위의 꽃으로도 보이지만, 재잘재잘 떠드는 걸 보면 친근감이 느껴지고 생글거리는 미소도 보기 좋고……. 조금 제멋대로인 부분도 있지만 그런 점도 포함해서 아주 귀여워."

계속 생각하던 걸 전하자 재미있게도 그녀가 한층 더 빨개졌다.

"……아, 안 돼. 그런 소리 하면. 이번에는 너무 기뻐서 새빨개지잖아. 나카야마는 사실은 심술쟁이야?"

그런 말을 하고는 있지만 싫지는 않은 모양이다.

입술을 꼼지락거리며 히죽거리는 걸 숨기지 못하고 있다.

"아니야, 농담이야. 나카야마는 아주 친절해……. 심술이라니 말도 안 되지. 나를 구해줬는걸. 정말 고마워."

그렇게 말하며 시모츠키가 거리를 좁혔다. 살갗과 살갗이 닿아 조금 뜨거운 체온이 나에게까지 전해졌다. 전염되듯 내 몸도 뜨거워졌다.

심장박동도 갑자기 빨라졌다. 그런 나를 보며 시모츠키가 조용히 말을 이었다.

"그때 머리가 새하얘졌어……. 뭘 해야 할지 알 수 없었고 몸은 움직여지지 않았지. 나는 사람들 앞에 나서는 걸 어려워하니까…… 아이들의 시선이 무서웠어. 온갖 소리가 머릿속에 울려 퍼져서 패닉에 빠질 뻔했지."

그때…… 시모츠키는 류자키에게 고백받아도 자신의 마음을 똑바로 전할 수 없었다.

그 정도로 그녀는 괴로웠다.

"하지만 나카야마의 목소리가 들려서…… 네가 옆에 있었기에 극복할 수 있었어. 나카야마는 내 은인이야. 구해줘서 고마워."

진심에서 나온 미소가 나를 향한다.

엑스트라에 불과했던 이런 인간에게 시모츠키는 특별한 표정을 보여준다.

아니, 이 애는 나를 엑스트라라고 생각하지 않았지.

"나카야마는 나에겐 히어로(주인공)이야!"

……그렇게 말해주는 사람은 아마 이 세상에 시모츠키밖에 없다.

정말로 기뻤다. 자칫 눈물이 나올 정도로 구원받은 기분이었다.

계속 자신감을 가질 수 없었다.

친하던 애들이 나에게 실망하고 소원해지자 내가 싫어졌다.

아니, 그보다 더 전부터…… 어릴 때부터 나는 나를 그리 좋아하지 않았다. 그래서 시모츠키의 말은 항상 나를 치유해주었다.

고맙다니, 말도 안 된다. 그건 내가 할 말이다.

나 같은 녀석을 인정해줘서 고마워.
나 같은 녀석을 선택해줘서 고마워.
나를 주인공으로 만들어줘서…… 고마워.
——이 마음을 전하기 위해 나는 대체 뭘 해야 할까?
시모츠키만의 주인공으로서 나는 무엇을 해야 하는 걸까?
그런 생각을 했을 때였다.
——딸깍.
불현듯 스위치가 눌렸다. 그 순간 나는 시모츠키의 '주인공'으로서 무엇을 해야 하는지 순간적으로 알아챘다.
'그래…… 고백하면 되는 거야.'
뼛속까지 비굴한 나라도 할 수 있을 만큼 시모츠키는 호감을 표현해준다.
그렇다면 그 마음에 보답하고 싶다.
주인공이니까 이 정도는 당연히 해야지.
"시모츠키. 나는 너를——."
그래서 말하려고 했다. 좋아한다고…… 그렇게 전하려고 했다.
하지만 시모츠키는 역시 전부 다 꿰뚫어 보고 있었다.
"——안 돼!"
불쑥 고백이 차단당했다.
정신을 차렸을 때는 그녀의 작은 손이 내 입을 틀어막고 있었다.

"나카야마. 나와 단둘이 있을 때만은 '소리' 바꾸지 마."

……그녀는 내가 내 캐릭터를 바꾸는 걸 예민한 청각으로 감지했던 모양이다.

"나는 있는 그대로의 네가 좋아. 약해도 돼. 한심해도 돼. 꼴사나워도 돼. 본연의 나카야마가 나에게는 최고인걸."

그 말이 역시나 나를 구해주었다.

덕분에 어느새 눌렀던 스위치도 꺼졌다.

그런 나에게 시모츠키는 많은 말을 건넸다.

"무리하지 않아도 괜찮아. 내 앞에서만은 솔직하게 행동해. 조급해하지 않아도 돼. 내 기대에 부응하려고 해주는 건 기쁘지만, 그런 '수동적'인 감정으로는 나는 이제 만족할 수 없으니까."

그 말에 퍼뜩 깨달았다.

내가 지금 하려고 한 '고백'은 시모츠키에게 아주 무례한 짓이라는 걸 그녀가 가르쳐주었기 때문이다.

"나카야마, 네 마음은 정말로 진심에서 우러난 거야? 나카야마는…… 누군가를 좋아한다는 게 어떤 건지 제대로 이해하고 있어?"

"그건……."

그 발언에 대답이 막혔다.

한 번 더 나 자신을 잘 생각해 보았다.

시모츠키를 좋아한다.

하지만 그건 정말로 시모츠키와 같은 마음인 걸까——.

"전부터 생각한 거지만…… 나카야마는 자신감이 너무 없어 보여. 그래서 너는 자신을 사랑하지 않는 것 같아. 그런 상태로 다른 사람을 좋아할 수 있을까? 나를…… 정말로 좋아해 주는 거야?"

……그래. 확실히 나는 나를 싫어한다.

그런 상태에서 좋아한다고 말한들, 과연 가치는 있을까.

내 말에 무게가 있을까.

"나는 적당히 좋아한다는 말로 만족하지 못해. 상대가 좋아하니까 좋아한다——그런 타협 같은 감정으로는 부족하다고."

수동적인 감정이 아니라.

능동적인 감정을 원한다.

"그러니까 서두르지 않아도 돼. 내 마음에 보답하기 위해 다른 나카야마가 되지 않아도 괜찮아. 나카야마가 제대로 자신을 좋아하게 될 때까지…… 내 마음도, 제대로 이해할 수 있게 될 때까지 곁에서 천천히 기다릴게."

만약 여기서 시모츠키와 사귀게 된다면 스토리로는 깔끔한 해피 엔딩이 될지도 모른다.

하지만 시모츠키는 깔끔한 기승전결 같은 건 필요 없다고 한다.

그런 중요하지 않은 건 신경 쓰지 않았다.

그녀가 진정으로 바라는 건…… 나, 그리고 그녀 자신의 '행복'인 건지도 모른다.

"먼저 말해두지만 나는 나카야마…… 아니지. 코, 코타로를 조…… 좋아하거든?"

시모츠키가 한 걸음, 나보다 먼저 나아갔다.

엑스트라인 나카야마 코타로는 내딛지 못한 한 걸음을 시모츠키 시호라는 소녀가 내디뎌주었다.

"고백의 대답은 코타로가 제대로 자신을 좋아하게 된 뒤에 들을래."

그 자리에서 내가 따라잡는 걸 기다려준다.

그러니까 나도…… 그녀를 따라잡기 위해 용기를 쥐어짰다.

"——시호. 고마워……. 힘낼게."

거리감을 없애고, 친한 사람의 이름을 그대로 입에 담았다.

그녀에 비하면 작은 한 걸음이다. 하지만 그것만으로도 시모츠키…… 아니, 시호는 아주 기뻐했다.

"응! 힘내, 코타로……. 계속 기다릴 테니까."

그녀는 살며시 내 쪽으로 몸을 기울였다.

"……드디어 제대로 이름으로 부르는 사이가 되었어. 조금 부끄럽지만 역시 참 좋다."

조금 머뭇거리는 감이 있었지만, 시호가 조용히 매달리

듯 껴안았다. 그걸 받아주자 그녀는 힘을 빼고 나에게 기댔다.

"으음! 코타로의 심장, 엄청 두근거려! 하지만 왠지 참 안정된다……. 마치 전에도 같은── 아."

그러더니 그녀는 무언가를 떠올린 것처럼 멍하니 입을 벌리고 나를 올려다보았다.

"……왜 그래?"

무슨 일인지 궁금했지만, 그녀는 대답할 마음이 없는 모양이었다.

의미심장하게 히죽 웃은 뒤 다시 가슴에 얼굴을 파묻었다.

"그냥, 아무것도 아냐."

그리고는 한 번 더 나를 껴안고 이런 말을 했다.

"코타로…… 앞으로도 잘 부탁해."

그 말을 부정할 이유는 없었다.

물론 앞으로도 같이 있어 준다면 나는 기뻐.

에필로그
시모츠키는 엑스트라를 좋아한다

7월 초. 본격적인 여름이 찾아온 요즘, 등교를 앞둔 그녀는 자신의 방에서 옛날 앨범을 펼쳐놓고 있었다.

"……후후."

의미심장하게 웃으며 앨범의 페이지를 넘기는 그녀는 옆에서 보면 조금 수상했다.

하지만 그 정도로 기분이 좋아져도 이상하지 않은 인물이 이 앨범에 등장한다. 딱 세 장, 심지어 사진 구석에 우연히 비쳤을 뿐이지만 그래도 확실히 그는 그곳에 있었기에 시호는 요즘 종종 그 사진을 바라본다.

숙박 학습으로부터 이미 한 달이 지났다.

그건 즉, 그녀가 이 사실을 깨달은 지 한 달이 지났다는 의미이기도 했다.

'어쩐지 이상하다 했어……. 교실에서 처음 대화했던 그때부터 계속 긴장하지 않았으니까.'

줄곧 신기했다.

어지간한 사람 앞에서는 긴장하는 그녀가 그 앞에서만은 처음부터 본래의 자신으로 행동할 수 있었다.

다만 그건 그냥 우연이라고 생각하고 그리 깊게 파고들지 않았다.

그는 원래 그런 인간인 줄 알았는데…… 숙박 학습에서 껴안았을 때, 가슴에 직접 귀를 대서 심장 소리를 듣고 그 '소리'의 기억을 떠올렸다.

'나는 그의 소리를 알아.'

선천적으로 청각이 민감한 그녀이기 때문에 기억하던 그 소리는 시호가 태어나고 얼마 지나지 않았을 때 내내 들었던 소리였다.

"너는 아주 오래전부터 옆에 있었구나…… 코타로."

그렇게 중얼거리며 어린 시절 앨범에 찍힌 아기를 살며시 쓰다듬었다.

거기에는 아기일 적의 시호와 그녀를 안은 어머니가 찍혀있고…… 그 구석에는 침대에서 조용히 자는 아기도 있었다.

물론 아기일 때의 사진이므로 시호도 당시 일은 거의 기억나지 않지만, 유일하게 기억하는 게 있었다.

그것이 바로 그의…… 코타로의 '심장 소리'였다.

'반가워라. 나는 그 소리를 계속 들었어.'

신생아실에서도 침대가 옆자리였고, 아무래도 어머니들이 같은 병실을 사용했었던 건지 낮에도 밤에도 코타로와 계속 같이 있었다.

그래서 고등학생이 되었어도 그의 소리를 몸이 기억하고 있었던 모양이다. 그 심장 소리를 듣고 긴장할 리 없었다.

오히려 마음을 달래주는 그리운 소리이기도 하기에 시호는 코타로 앞에서만 진짜 자신을 드러낼 수 있었다.

"……아, 벌써 시간이."

최근 아침마다 자꾸 앨범 사진을 보느라 학교에 가는 게 아슬아슬해진다.

허둥지둥 집에서 뛰쳐나왔다.

빠른 걸음으로 학교로 향하던 도중, 역시나 많은 학생이 쳐다보는 바람에 그녀의 시선은 아래로 내려갔다.

'아, 아직 안 익숙해……. 역시 긴장돼.'

여전히 혼자 있으면 타인의 시선이 힘들지만.

교실에 도착해서 코타로의 얼굴을 보면 바로 긴장이 사라진다.

"좋은 아침, 시호."

작은 목소리로, 그러면서도 기쁘다는 듯 말을 걸어주는 코타로를 보면 시호는 무의식중에 얼굴이 풀어진다.

숙박 학습 이후 코타로와 시호는 교실에서도 대화하게 되었다. 덕분에 그녀는 아주 만족스러운 학교생활을 보내게 되었다.

"응, 좋은 아침…… 코타로!"

가벼운 발걸음으로 스킵이라도 하듯 다가가자 다시 그의 심장 소리가 들렸다.

두근, 두근――코타로 특유의 소리는 역시 아기일 때 들었던 소리와 같았다.

'코타로는 나와 '소꿉친구'라는 걸 알면 무슨 표정을 지을까? 재미있는 반응이 돌아올까?'

그때의 놀란 얼굴이 보고 싶어서 진실을 밝히고 싶은 마음도 있지만.

'하지만 과거는 상관없어. 중요한 건 앞으로니까……. 그러니까 조바심 내면 안 돼. 천천히, 코타로와 더 친해져서, 그래서 언젠가…… 더 멋진 관계가 되면 좋겠다.'

그녀는 코타로와의 관계를 소중히 여기기로 했다.

실패를 회피하기 위해 시호는 일부러 답을 재촉하지 않았다.

"왜 그래? 갑자기 조용해졌는데, 혹시 잠을 못 잤어? 아, 또 게임 하다 늦잠 잔 거야? 안 돼, 밤에는 제대로 자야지."

"어, 엄마랑 똑같은 소리 하지 마! 그야 밤엔 늦게 자지만…… 그래도 수업 중에 자니까 수면 시간은 잘 확보하고 있어."

"그건 그거대로 문제라고 보는데."

여느 때처럼 가벼운 잡담을 나눈 뒤 시호는 자신의 자리로 향했다.

토라진 듯 턱을 괸 류자키 료마 옆에 앉았다. 그는 숙박학습 이후 전혀 말을 걸어오지 않았기에 요즘은 아주 평안한 학교생활을 보내고 있었다.

'이런 게 좋아.'

아침, 창밖을 바라보며 그녀는 기도했다.

'엄청나게 행복해지지 않아도 되니까…… 코타로와 같이 평범한 행복을 손에 넣을 수 있기를.'

시호는 많은 걸 바라지 않는다.

메인 히로인이라는 포지션에 있으면서도 평범한 행복으로 만족한다. 그렇기에 그녀가 선택한 상대는 주인공이 아니었다.

――시모츠키는 엑스트라를 좋아한다.

그녀가 운명을 느낀 사람은 평범하고 흔한 인간…… 하지만 다른 사람을 우선으로 배려해줄 수 있는 착한 사람이다.

얼핏 재미없는 인간이라고도 할 수 있지만, 그녀는 그런 점을 좋아한다.

드라마틱한 전개도, 로맨틱한 장면도, 그런 모든 게 중요하지 않다.

두 사람의 이야기에 위기도 절정도 필요 없다.

그저 평온한 행복만을 바란다.

그 속도는 평범한 연애에 비하면 느릴지도 모른다.

하지만 그래도 괜찮다.

아니, 그런 게 좋다.

이렇게 비굴한 엑스트라의 이야기가 끝나고, 코타로와 시호의 지루한 일상이 시작되었다.

그런 두 사람의 미래는, 어쩌면 '망작'이라는 평가를 받아도 이상하지 않은 이야기가 될지도 모른다.

여담
어떤 창작자(자칭)의 혼잣말

예를 들어 이 세상이 '소설'이라고 한다면.

참으로 '지루'하다고 표현할 수밖에 없겠지.

재미없다. 현실에 기승전결은 없다. 다들 평범하게 살고 평범하게 죽는다. 숨이 턱 막혀버릴 것 같은 시리어스한 사건도, 마음이 들썩들썩 춤출 만큼 최고의 행복도, 심장이 쿵쿵 뛰는 연애도 이 세상에는 존재하지 않았다.

현실은 지루하다——그렇게 생각하는 내가 미국에서 일본으로 이사 온 건 고통에 몸부림치다가 저지른 소소한 저항이었을지도 모른다. 이미 옛날에 현실에 기대를 접었는데도 마음속 어딘가에서는 아직 이 현실에도 '스토리'가 있을지도 모른다고, 그렇게 바란 거겠지.

나라를 바꾸면 세상이 바뀐다——그런 내 입맛에 맞는 전개를 바랐던 것 같다.

9월 상순에 나는 유키노시로 고등학교라는 곳으로 전학 간다. 그곳을 선택한 건 정말 우연이었다. 호텔 관련 회사를 운영하는 아버지 사업 파트너의 자식이 그곳에 다닌다는 이유로 직감적으로 정했을 뿐이다.

그때 심심풀이 겸 나는 반 아이들을 조사해봤다.

쓸데없이 돈이 많은 집안이니 돈의 힘으로 탐정을 고용

해서 신원조사를 했다는 소리다.

예를 들어 어느 날 갑자기 하늘에서 떨어진 소녀라거나. 빚 대신 부모에게 팔린 불쌍한 소년이라거나. 이세계에서 귀환한 영웅이라거나. 미소녀 소꿉친구가 있는데 여자애들에게서 마구 사랑받는 하렘 주인공이라거나…… 그런 스토리가 있는 인간이 있을 리 없다고 생각하면서도 찾아봤는데…… 역시 없었――아니, 있잖아?!

내 입으로 말하긴 했지만, 있을 줄은 몰랐다.

하지만 조사한 자료를 읽어봤더니 세상에나.

류자키 료마라는 인간을 발견하고 소름이 쫙 돋았다.

이런 존재가 정말 현실에 있다니……. 료마는 정말 소설 주인공 그 자체였다.

료마 주변에는 이 지루한 현실에서는 일어나지 않을 일이 일어난다.

탐정이 조사한 그의 인간관계가 주변 인물들의 환경, 변화, 그들이 체험한 이벤트를 파악해 보니 소설이 하나 나타났다.

1학기. 료마가 고등학교에 입학한 직후에 어떠한 소설이 하나 만들어졌다.

정리해 보면 '메인 히로인이 사랑한 건 전형적인 하렘 주인공이 아니라 어디에나 있을 법한 평범한 엑스트라였습니다'가 되려나?

서브 히로인이 자신에게 실망하자 자신을 싫어하게 된 엑스트라가 메인 히로인에게 구원받는 건 제법 즐거웠다.

오랜만에 '현실'이라는 세계에서 감정이 움직인 건지도 모른다.

하지만…… 으음, 역시 부족함이 느껴진단 말이지.

예를 들어 내가 이 소설의 창작자라면.

더 잔뜩 괴롭혀주고 싶은 캐릭터가 있다.

그 녀석은 여자애들에게 실컷 상처를 준 주제에 결국 자기는 별다른 벌을 받지 않고 스토리가 끝나버렸잖아. 비겁하지 않아?

죄에는 벌이 필요하니까, 그에게도 더 큰 상처가 필요하다.

그렇지 않으면 그 녀석——료마에게 느끼는 혐오감을 지워낼 수 없다.

이 제1부에서는 등장인물이 너무 착해서 그런지, 혹은 분량이 부족했던 건지 료마의 결말까지는 묘사하지 않았다.

그 부분이 큰 감점 요소란 말이지.

아아, 아까워라.

료마가 더 많이 불행해지면 최고로 재미있을 텐데.

이 정도의 복수로 카타르시스가 충족될 리가 있나.

그들의 이야기에는 스토리를 늘릴 떡밥이 더 많이 있다. 그리고 나에게 이렇게 말하게 해줄 수도 있었을 것이다.

쌤통이다——라고.

보고 싶어.

그런 최고로 재미있는 스토리를 보고 싶어.

그래서 나는 방관자를 그만두었다.

현실에 질려서 '재미없어.'라며 전부 놔버리고 있으면 아무리 시간이 지나도 원하는 스토리를 볼 수 없다.

지루하다면 손을 대서 재미있게 만들면 된다.

독자로는 만족할 수 없다면…… 창작자가 되면 되는 거다.

그런 이유로 제2부는 나도 개입하기로 할까.

메인 히로인과 엑스트라가 꽃밭에서 손을 잡고 느긋하게 산책하는 망작으로는 당연히 만들지 않을 테니까 안심하라고.

창작자가 된 내가 이 세상에서 가장 재미있는 스토리인 '복수 러브 코미디'를 완성하겠어!

……자, 이 정도면 됐을까?

제2부 광고랑 내 자기소개는 우선 여기서 끝낼게.

그럼 다음 전개를 기대해줘——.

후기

읽어주셔서 감사합니다!

작가인 야가미 카가미라고 합니다.

이 책을 읽어주신 분이 조금이라도 즐거우셨기를 바라면서 후기를 쓰고 있습니다.

이 작품은 원래 '친한 여자애들을 하렘 주인공에게 빼앗긴 엑스트라가 주인공의 소꿉친구 히로인에게 사랑받는다'는, 소위 약탈애 타입의 이야기였습니다. 엑스트라 캐릭터인 코타로도 웹 연재에서는 더 비굴했죠. 그 때문인지 독자분들 사이에서도 호불호가 갈리는, 말하자면 '문제작'이었습니다…….

단행본으로 묶으면서 더 재미있게――그런 의도로 마이너스 요소를 쳐낸 결과 놀랍게도 9할 이상 다시 쓰게 되었지만 제 안에서는 아주 만족스러운 작품이 되었습니다.

그런 사정으로 사실 연재판과는 많이 달라진 본편입니다. 만약 괜찮다면 50만 자가 넘어간 연재판 쪽도 읽어주시면 좋겠습니다!

이 아래로는 감사 인사를.

담당 편집자님. 많은 조언을 받았습니다, 감사합니다! 덕분에 작품의 질도 향상되었고, 작가로서 문제점도 깨닫는 등 아주 충실한 시간을 보낼 수 있었습니다. 앞으로도 잘 부탁드립니다.

일러스트를 맡은 Roha님. 바쁘신 와중에 이 작품을 받아주셔서 정말 기뻤습니다. 멋진 캐릭터를 보고 활력을 받고 있습니다.

GCN 문고님. 신규 레이블 창간 축하드립니다! 그 안에 제 작품을 선택해주셔서 무척 영광입니다. 여러모로 신경 써주셔서 감사합니다.

인터넷 소설 대상님. 이렇게 책으로 나오게 된 건 인터넷 소설 대상이라는 장소가 있었던 덕분입니다. 도전할 기회를 주셔서 정말 감사합니다.

그리고 마지막으로 이 작품에서 처음 뵌 독자 여러분!

연재판부터 읽어주셨던 독자 여러분!

여러분 덕분에 저는 이렇게 열심히 할 수 있습니다.

정말로 감사합니다!

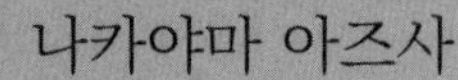

나카야마 아즈사

코타로의 의붓동생. 어릴 때 친오빠가 죽었고, 아버지의 재혼으로 생긴 오빠인 코타로를 '대타 오빠'로서 따랐다. 하지만 친오빠를 몹시 닮은 류자키를 만나 사랑에 빠진다.

류자키 료마

태어났을 때부터 지금까지 인기남이 아니었던 적이 없고, 어지간한 일은 노력하지 않아도 깔끔하게 해치울 수 있다. 둔감해서 여자들의 진짜 호감을 눈치채지 못하는 일도 많다. '주인공 아우라'가 압도적.

등장인물 소개
나카야마 코타로
온화하지만 자신의 감정을 상대방에게 잘 전하질 못한다. 친하게 지내던 세 명의 소녀가 류자키 료마의 하렘 멤버가 된 걸 계기로 자신을 '엑스트라'로 인식하게 되었다.
시모츠키 시호
과묵하고 똑똑한 쿨뷰티……로 주변에서 인식하고 있지만, 사실은 극도로 낯을 가리는 데다 공부도 못한다. 어째서인지 코타로 앞에서만 본래의 자신으로 지낼 수 있는 걸 놀라워하면서도 기뻐한다.

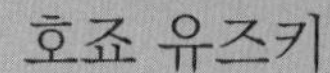

호죠 유즈키

보수적인 집안에서 엄하게 자란 코타로의 소꿉친구. 다른 사람들을 잘 돌봐주는 성격이라 이래저래 코타로와도 많이 얽혔지만, 류자키에게서 '내버려 둘 수 없는' 무언가를 느끼고 본능적으로 끌리게 된다.

아사쿠라 키라리

패션이나 SNS 트렌드를 좋아하는 갸루. 중학생 때까지는 문학소녀로, 코타로와 서로 라노벨을 빌려주곤 하던 취미 친구였지만 류자키에게 첫눈에 반한 뒤 류자키 취향의 여자로 이미지를 확 바꿨다.

*그래 그래
はい はい
発売 本当に おめでとございます!!
*발매 정말로 축하드립니다!!
かんげき…
*감격…
Roha

시모츠키는 엑스트라를 좋아한다 1

2023년 10월 15일 1판 1쇄 발행

저　　자 야가미 카가미
일러스트 Roha
옮 긴 이 이소정
발 행 인 유재옥
본 부 장 조병권
편 집 1 팀 박광윤
편 집 2 팀 박치우 정영길 정지원 조찬희
편 집 3 팀 오준영 이소의 이해빈
라이츠담당 김정미 맹미영 이윤서
디 지 털 김지연 박상섭 윤희진
미　　술 김보라 박민솔
발 행 처 ㈜소미미디어
인쇄제작처 ㈜코리아피엔피
등　　록 제2015-000008호
주　　소 서울시 마포구 토정로222, 403호 (신수동, 한국출판콘텐츠센터)
판　　매 ㈜소미미디어
마 케 팅 박수진 최원석 최정연
영　　업 박종욱
물　　류 백철기 허석용
전　　화 (02)567-3388, Fax (02)322-7665

ISBN 979-11-384-8048-2 04830
ISBN 979-11-384-8047-5 (세트)